천일야화

Les Mille et une nuits

THE LIBRARY OF BABEL by Jorge Luis Borges

Copyright ⓒ 1998 by Maria Kodama
Korean translation copyright ⓒ 2012 by Bada Publishing Co.

All rights reserved.
This edition published by arrangement
with F.M.R. ART'E' S.P.A. through Shinwon Agency Co.

이 책의 한국어판 저작권은 Shinwon Agency를 통해
F.M.R. S.p.a. 사와의 독점 계약으로 바다출판사에 있습니다.
저작권법에 의해 한국 내에서 보호를 받는 저작물이므로
무단 전재와 무단 복제를 금합니다.

호르헤 루이스 보르헤스
Jorge Luis Borges 1899~1986

바벨의 도서관

성서는 인류의 모든 혼돈의 기원을 바벨이라 명명한다. '바벨의 도서관'은 '혼돈으로서의 세계'에 대한 은유이지만 또한 보르헤스에게 바벨의 도서관은 우주, 영원, 무한, 인류의 수수께끼를 풀 수 있는 암호를 상징한다. 보르헤스는 '모든 책들의 암호임과 동시에 그것들에 대한 완전한 해석인' 단 한 권의 '총체적인' 책에 다가가고자 했고 설레는 마음으로 그런 책과의 조우를 기다렸다.

'바벨의 도서관' 시리즈는 보르헤스가 그런 총체적인 책을 찾아 헤맨 흔적을 담은 여정이다. 장님 호메로스가 기억에만 의지해 《일리아드》를 후세에 남겼듯이 인생의 말년에 암흑의 미궁 속에 팽개쳐진 보르헤스 또한 놀라운 기억력으로 그의 환상의 도서관을 만들고 거기에 서문을 덧붙였다. 여기 보르헤스가 엄선한 스물아홉 권의 작품집은 혼돈(바벨)이 극에 달한 세상에서 인생과 우주의 의미를 찾아 떠나려는 모든 항해자들의 든든한 등대이자 믿을 만한 나침반이 될 것이다.

《천일야화》는 처음에는
환상을 한없이 훈련시키는 듯이 보인다.
그러나 이 미로를 탐험하다 보면
다른 미로들처럼 출구 없는 단순한 혼란이 아니라
상상력의 대향연임을 알게 된다.

호르헤 루이스 보르헤스

† 보르헤스 세계문학 컬렉션 †

천일야화

앙투안 갈랑
배영란 옮김

바다출판사

Antoine Galland

1646~1715

◆
목
차
◆

마르지 않는 상상력의 대향연_보르헤스 • 011

알라딘과 요술램프 • 015

장님 바바 압달라 이야기 • 197

작가 소개 앙투안 갈랑 • 217

마르지 않는 상상력의 대향연

호르헤 루이스 보르헤스

    간혹 동양을 들추어내는 것은 유럽 전통 중 하나였다. 이때 맨 먼저 떠오르는 이름들은 헤로도토스, 성서, 마르코 폴로, 키플링이다. 그중 가장 매혹적인 것이 《천일야화》라는 책이다. 이 작품에는 동양의 개념이 암호화되어 있는 듯하다. 동양이라는 이 이상한 말은 모로코부터 일본열도까지 때때로 서로 다른 여러 지역을 포함한다. 동양이라는 말은 정의하기 어렵다. 왜냐하면 정의한다는 것은 다른 말로 희석시키는 것인데 '동양'이라는 말과 '천일야화'라는 말에 이미 마법이 가득하기 때문이다.

    우리는 습관적으로 질과 양의 개념을 대립시키곤 한다. 어느 책의 내용이 너무 길면 마치 죄악인 것처럼 말한다. 하지만 어떤 책들에서 길게 확장되는 것은 하나의 질, 본질적인 질인 경우가 있다. 그런 책들 가운데 유명한 작품이 《미친 오를란도》이고 또 하나는 《돈키호테》이다. 그리고 다른 또 하나가 《천일야화》, 버턴 대령의 주장을 따르자면 《천일야화의 책》이다. 분명 이 책은 다 읽는 것이 중요하진 않다. 아랍인들은 《천일야화》 전체를 다 읽겠다는 위업이 우리를 죽음으로 이끌지도 모른다고 주장한다. 어떤 대목이든 일부분을 읽음으로써 얻는 기쁨은, 어쩌면 마르지 않는 강 앞에 서있다는 의식에서 비롯된다고 나는 말하고 싶다. 이 작품의 원제목은 '천일 밤'이었다. 천이라는 숫자가 주는 미신적인 공포가 책 집필자들로 하여금 하룻밤을 덧붙이게 만들었다. 이것은 '무한'을 암시하기에 충분하기 때문이다.

힌두스탄은 방대한 서사시를 신에게, 전설적인 인물에게, 작품의 주인공이나 시간에 바친다. 《천일야화》를 만드는 데 몇 세기가 걸렸고 수많은 왕국이 공조했다. 《천일야화》의 초기 핵심적 이야기는 정확히 힌두스탄에서 왔다는 가설이 있다. 힌두스탄에서 페르시아로, 페르시아에서 아라비아로, 아라비아에서 이집트로 넘어가며 이야기들이 성장했고 배가되었다. 《천일야화》가 지어진 결정적 시기는 14세기, 장소는 이집트에서일 것이다. 제목대로 하자면 이야기는 정확히 천한 개가 되어야 했다. 이를 위해 필사자들은 텍스트에 이야기들을 첨가하였다. 그래서 그 천하루 동안의 밤들 가운데 어느 날 밤에 셰에라자드는 자기 자신에 관한 이야기임이 틀림없는 '셰에라자드 이야기'를 한다. 셰에라자드가 그토록 재미있는 이야기를 멈추지 않았다면, 무한히 끝나지 않는 책 때문에 우리는 현기증과 행복을 느꼈을 것이다.

《천일야화》는 처음에는 환상을 한없이 훈련시키는 듯이 보인다. 그러나 이 미로를 탐험하다 보면 다른 미로들처럼 출구 없는 단순한 혼란이 아니라 상상력의 대향연임을 알게 된다. 꿈에는 법칙이 있는데 대칭적인 요소들을 풍부하게 담고 있다. 숫자 3의 반복, 삭제, 인간의 몸이 동물로 변하는 변형, 아름다운 공주들, 화려한 왕들, 마법의 부적, 인간의 노예가 되는 전지전능한 정령들로 넘쳐 난다. 이런 반복되는 요소들이 줄거리를 형성하고, 특별한 개성이 없는 이 위대한 모음집의 개성적인 스타일을 형성하고 있다. 과장 없이 단언하건대 시간에는 두 가지가 있다. 하나는 우리의 운명이 얽혀 만들어지는 역사적 시간이고, 또 다른 하나는 《천일야화》의 시간이다. 후자는 비시간적인 시간이다. 불행과 재난, 변신과 악마들…… 그럼에도 불구하고 셰에라자드의 풍부한 시간은 책과 삶에서 맛보기 힘든 진귀한 것을 맛보게 해준다. 그것은 바로 행복감이다. 셰에라자드의 이야기는 우화와 훈화들이 풍부하지만 중요한 것은 윤리가 아니다. 잔인하고 성적인 이야기들도 많지만 그 안에는 불완전한 형태의 순수함이 반영되어 있다.

이 책에는 유명한 단편 《알라딘의 이야기 혹은 놀라운 램프》

를 담았다. 이것은 드퀸시가 가장 훌륭한 작품으로 평가했는데 원전에는 없는 이야기다. 아마 18세기 초에 《천일야화》를 서양에 알린 프랑스 동양학자 갈랑의 훌륭한 창작품일 것이다. 이 가정을 따르자면 갈랑은 기나긴 서술자들의 가계도에서 맨 마지막 고리를 차지할 것이다. 나는 이 책이 독자들의 호기심을 만족시키지 못해서 독자들이 원본을 찾아보게 되기를 바랐다. 그리하여 원본의 아름답고 광대한 지역에 빠지는 기쁨을 누렸으면 하는 희망을 품어 본다.

알라딘과 요술램프

Histoire d'Aladdin, ou la Lampe Merveilleuse

 풍요롭고 드넓은 중국의 어느 이름 모를 왕국 도성에 무스타파라는 재단사가 살고 있었다. 재단사라는 직업 외에는 이렇다 할 특징이 없었던 무스타파는 무척 가난했고, 일을 해서 번 돈으로는 자신과 아내, 그리고 신께서 보내 준 아들까지 세 사람이 먹고살기에도 빠듯했다.
 아들의 이름은 알라딘이었는데, 몹시 방치된 환경에서 길러진 알라딘은 행실이 매우 방탕한 아이로 자라났다. 알라딘은 심술궂고 고집이 세서 부모님 말씀도 고분고분 따르는 법이 없었다. 심지어 머리가 조금 큰 뒤에는 집에 묶여 있지도 않았다. 해만 뜨면 집 밖으로 뛰쳐나갔고, 길거리나 광장에서 자기보다 어린 뜨내기 패거리와 어울려 몇날 며칠이고 놀기 일쑤였다.

 알라딘이 일을 배울 나이가 되자, 아버지 무스타파는 자신이 할 줄 아는 재단사 일밖에 가르칠 수가 없었다. 무스타파는 알라딘을 곧 자신의 가게로 데려가 바느질을 알려 주기 시작했다. 하지만 아무리 어르고 달래도 알라딘은 정신이 산만하여 집중하지 못했다. 아버지는 스스로의 바람대로 알라딘이 부지런히 일에 매달리게 하지 못했고, 제자리에 붙잡아 두지도 못했다. 알라딘은 아버지가 등만 돌렸다 하면 밖으로 도망쳐 하루 종일 돌아오지 않았다. 알라딘에게 벌도 줘 봤지만, 못된 습성은 바로잡을 수 없었다. 무스타파는 하는 수 없이 알라딘이 제멋대로 살도록 내버려 두었다. 이에 무스타파는 무척 가슴이 아팠고, 아들이 제 몫을 하게 만들지 못했다는 자책감으로 괴로워하다가 끈질긴 병을 얻고 말았다. 그리고 결국 몇 달 후, 무스타파는 세상을 떠났다.

 알라딘이 아버지의 직업을 물려받지 않게 되자, 어머니는 가게 문을 닫고 재단 도구들을 내다 팔아 살림에 보탰다. 그리고 무명실을 뽑아 얻는 약간의 돈으로 아들과 함께 생계를 이어갔다.

 알라딘은 어머니가 훈계라도 할라치면 감히 위협할 정도로 버릇이 없었으며, 그렇듯 어머니를 전혀 개의치 않는 아이였다. 거기다 이제 잔소리하는 아버지에게서까지 벗어났으니, 완전한 자유의 몸이 되어 방탕한 길로 빠져들었다. 또래 아이들도 점점 더 자주 만났고, 이들과 더 열심히 놀러 다녔다. 알라딘은 열다

섯 살이 될 때까지도 이런 생활을 계속했고, 머릿속으로 무언가 깨우치는 것도 없었으며, 장래에 대한 고민도 전혀 하지 않았다. 이런 상태로 하루하루를 살아가던 어느 날, 여느 때와 마찬가지로 광장 한가운데에서 뜨내기 패거리와 놀고 있을 때였다. 광장을 지나던 웬 낯선 남자가 가던 길을 멈추고 알라딘을 주시했다.

   이 낯선 남자는 매우 뛰어난 아프리카 마법사였는데, 이 이야기를 쓴 사람들에 따르면, 그는 아프리카 마법사라는 이름으로 통했다. 그는 이곳에 온 지 고작 이틀 밖에 안 되었는데 정말로 아프리카 출신이었기 때문에 우리도 '아프리카 마법사'라고 부르기로 한다.

   뛰어난 관상가였던 아프리카 마법사가 보기에 알라딘의 얼굴에는 자신이 여행길에 오른 목적을 달성하는 데에 절대적으로 필요한 모든 것이 있었다. 그래서였는지, 혹은 다른 이유에서였는지, 남자는 알라딘과 그 가족, 그리고 알라딘의 성향에 대해 슬그머니 알아봤다. 원하던 바를 모두 알아낸 뒤 아프리카 마법사는 알라딘에게 다가갔다. 알라딘을 친구들 무리에서 몇 발치 떨어진 곳으로 따로 불러내어 물었다. "네 아버지가 재단사 무스타파 씨냐?" 그러자 알라딘이 대답했다. "네, 맞아요. 그런데 오래전에 돌아가셨어요."

   이 말을 들은 아프리카 마법사는 알라딘의 목을 얼싸안고 와락 껴안고선 몇 번이나 입맞춤을 퍼부었다. 눈에는 눈물이 그렁

그렁했고, 간간이 한숨을 내쉬기도 했다. 알라딘은 남자에게 왜 우는지 물었다. 이에 아프리카 마법사가 소리치며 말했다. "어이구, 내 새끼! 내가 어떻게 진정할 수 있겠니? 내가 네 삼촌이란다! 네 아버지가 바로 내 형님이거든! 내가 여행길에 오른 지 벌써 여러 해가 지났는데, 네 아버지에게 내가 돌아왔다는 반가운 소식을 전하려는 기대에 부풀어 여기 왔건만, 이렇게 네 아버지의 부고를 듣게 되는구나. 나는 기대했던 안식처가 사라졌다는 생각에 상심이 이만저만이 아니란다. 그나마 다행인 건 내 기억이 맞다면 네 얼굴에서 형님 얼굴이 보인다는 거야. 네게 말을 걸면서 내 짐작이 틀림없다는 걸 알았지." 아프리카 마법사는 지갑을 열면서 어머니가 어디에 사시느냐고 물어봤다. 알라딘이 대답을 하자 그는 잔돈을 한 줌 쥐어 주면서 말했다. "애야, 어머니한테 가서 삼촌 인사 좀 잘 전하고, 내일 찾아뵙겠다는 말씀도 전하렴. 내일 시간이 되면, 우리 형님께서 그토록 오랜 기간 살다가 돌아가신 곳을 보고 위안을 찾고 싶구나."

얼떨결에 조카가 된 알라딘은 아프리카 마법사와 헤어지자마자 어머니에게로 달려갔다. 삼촌이 조금 전에 주고 간 돈 때문에 신이 난 알라딘은 집에 들어서며 호들갑스레 말했다. "어머니, 어머니! 나한테 삼촌이 있었어요?" 그러자 알라딘의 어머니가 대답했다. "아니다, 애야. 네게는 삼촌이 없어. 돌아가신 네 아버지 쪽은 물론이고, 심지어 외가 쪽으로도 없는걸." 그러자 알라딘이 다시 말을 이었다. "하지만 방금 전에 자기가 내 삼촌이라고 말하는 사람을 만났는걸요. 아버지랑 형제 사이라며 내 삼촌이라고 했어요. 게다가 아버지께서 돌아가셨다니까 나를 부둥켜안고 울어서 의심할 여지가 없었어요." 이어 알라딘은 남자에게 받았던 돈을 어머니에게 보여 드리며 말했다. "봐요, 아까 그 아저씨가 준 돈이에요. 어때요? 진짜 우리 삼촌 맞죠? 어머니한테 안부도 전해 달라고 했어요. 그리고 내일, 삼촌이 시간이 되면 여기 와서 어머니께 인사도 드리고 아버지께서 생활하시던 이 집을 보고 싶으시데요." 그러자 어머니는 이렇게 말했다. "알라딘, 네 아버지에게 형제가 한 명 있었던 건 사실이다. 하지만 이미 오래전에 돌아가셨어. 그분 말고 또 다른 형제가 있다는 얘기는 한 번도 들은 적이 없구나." 두 사람은 아프리카 마법사 이야기를 더는 하지 않았다.

다음 날, 아프리카 마법사는 또다시 알라딘에게 다가갔다. 알라딘은 어제와 다른 장소에서 다른 아이들과 놀고 있었다. 아프리카 마법사는 전날과 마찬가지로 알라딘을 끌어안더니 손에 금화 두 닢을 쥐어 주며 말했다. "얘야, 이걸 어머니에게 가져다 드리고 오늘 저녁에 뵈러 갈 테니 이 돈으로 우리가 함께 먹을 저녁거리를 마련하시라고 전하렴. 참, 그건 그렇고 집이 어디쯤인지 가르쳐 주겠니?" 알라딘은 남자에게 자기 집으로 가는 길을 가르쳐 준 뒤 헤어졌다.

알라딘은 금화 두 닢을 어머니에게 갖다 드렸다. 그리고 삼촌의 뜻을 전하자마자 알라딘의 어머니는 밖에 나가더니 그 돈으로 장바구니를 가득 채워 왔다. 식사 때 쓸 그릇들이 꽤 모자라 이웃집에서 빌려 오기도 했다. 어머니는 온종일 저녁 식사 준비를 하느라 여념이 없었다. 그리고 그날 저녁, 모든 준비가 다 끝났을 때 어머니가 말했다. "애야, 삼촌이 우리 집 위치를 모르시는 모양이구나. 삼촌을 마중 나가서 모셔 오지 않겠니?"

알라딘이 아프리카 마법사에게 집 위치를 설명해 주긴 했지만 마중을 나가려던 그때, 누군가 대문을 두드렸다. 문을 열자 아프리카 마법사가 식사 때 먹을 술과 과일을 양손에 잔뜩 들고 들어섰다.

아프리카 마법사는 들고 온 음식을 알라딘에게 넘겨준 뒤 알라딘의 어머니에게 인사를 하고, 무스타파 형이 즐겨 앉던 소파 자리를 보여 달라고 부탁했다. 그는 알라딘의 어머니가 보여 준 자리에 꾸벅 절을 하고 수차례 입맞춤을 퍼부으며 소리쳤다. "아이고, 딱한 우리 형님! 진작 와서 돌아가시기 전에 한 번 더 안아 봤어야 하는 건데, 저만 두고 이렇게 벌써 가시면 어쩝니까?" 아프리카 마법사는 알라딘의 어머니가 괜찮다고 하는데도 극구 그 자리에 앉지 않았다. "아닙니다. 형님의 자리는 그대로 지켜 주고 싶습니다. 다만 제게 너무도 소중한 한 가족의 가장으로서 살아가는 형님을 보지는 못하더라도 여기 이 맞은편에서 마치 형님이 저 자리에 계시듯 바라보는 것만은 허락해 주십시오." 알라딘의 어머니는 더 이상 그를 재촉하지 않았고, 그가 원하는 자리에 편히 앉게 해주었다.

원하는 자리에 앉은 아프리카 마법사는 알라딘의 어머니와 이야기를 나누기 시작했다. "형수님, 무스타파 형님과 결혼하시던 그때의 행복한 기억 가운데 제 모습이 없었던 걸 너무 이상하게 생각하지 마세요. 제가 고향인 이 나라를 떠난 게 벌써 40년 전이에요. 그때 이후로 인도, 페르시아, 사우디아라비아, 시리아, 이집트 등지를 돌아다니며 아름다운 도시들에서 머물고 난 뒤 아프리카로 가서 오랫동안 지냈지요. 제아무리 고향에서 떨어져 있어도, 인간이라면 누구나 고향을 잊지 않는 법이지요. 부모님, 그리고 어린 시절을 함께 보낸 사람들에 대한 기억도 절대 지워지지 않아요. 저 역시 과거 제 주변에 있던 사람들을 다시 보고 싶다는 욕심이 생겼어요. 아울러 사랑하는 우리 형님도 얼싸안고 싶었지요. 여전히 제 안에는 기나긴 여행을 떠나기 위한 힘과 용기가 꿈틀대고 있었던 데다 떠날 채비를 미룰 생각도, 여행길에 오르는 걸 지체할 생각도 없었는데 말이죠. 그동안 얼마나 오랜 시간 동안 얼마나 많은 난관에 부딪히며 얼마나 많은 고통 끝에 여기까지 왔는지는 말씀드리지 않겠습니다. 다만 늘 사랑해 마지않던 내 형님이, 진정한 형제애를 느끼며 사랑했던 내 형님이 돌아가셨다는 소식을 들었을 때보다 더 큰 시련이나 고통은 없었습니다. 그 무엇도 이보다 더 나를 좌절시키거나 상심에 빠트린 일은 없었어요. 그나마 조카 녀석 얼굴에서 형님의 모습이 보이더군요. 그래서 놀고 있던 여러 아이들 가운데에서 유독 이 녀석이 눈에 띄었어요. 녀석이 제 얘기를 어떻게 전했는지 모르겠지만, 형님이 더 이상 이 세상 분이 아니시라는 비보를 접했을 때 얼마나 슬프던지요! 하지만 이런 때일수록 신의 힘을 빌려야겠지요. 그리하여 저는 형님을 쏙 빼닮은 조카 녀석에게서 형님 모습을 찾아볼 수 있다는 걸로 위안을 찾았습니다."

알라딘의 어머니가 남편에 대한 추억에 잠겨 마음이 약해지며 다시금 고통을 되새기고 있는 걸 눈치챈 아프리카 마법사는 화제를 돌렸다. 그리고 알라딘 쪽을 돌아보며 이름을 물었다. 그러자 알라딘이 대답했다. "제 이름은 알라딘이에요." 이어 아프리카 마법사가 물었다. "그렇구나. 지금 무슨 일을 하고 있니? 직업 같은 건 있니?"

이 질문에 알라딘은 풀이 죽어 고개를 숙였다. 하지만 어머니가 대신 말을 이었다. "알라딘은 게으름뱅이예요. 애아버지가 살아 있는 동안 이 녀석에게 재단사 일을 가르치려고 애를 써 봤지만 결국 실패했지요. 애아버지가 세상을 뜬 뒤, 내가 별 소릴 다 해도 아무 소용없었고, 백날 얘기해도 달라지지 않았어요. 백수처럼 빈둥대며 어린애들하고 어울려 노는 거 말고는 아무것도 하는 일이 없지요. 보셔서 아시겠지만, 자기가 더는 어린아이가 아니라는 인식이 없어요. 만일 삼촌께서 창피를 주셨는데도 별 변화가 없다면, 정말 아무것도 할 줄 모르는 놈이 되는 것 같아 속상하네요. 아버지가 남겨 준 재산이 전혀 없다는 건 이 녀석도 잘 알아요. 내가 온종일 무명실을 뽑아 얻는 돈으로는 기껏해야 우리 두 사람 입에 풀칠할 정도라는 것도 잘 알고 있죠. 조만간 집에 못 들어오게 문을 걸어 잠가 버리고 다른 살 곳을 찾도록 내보내야겠다고 결심한 참이에요."

울음을 섞어 가며 어머니가 말을 끝내자 아프리카 마법사가 알라딘에게 말했다. "우리 조카님, 이런 모습은 좋지 않아요. 스스로 삶을 살아갈 생각을 해야지. 세상에는 여러 종류의 직업이 있단다. 다른 무엇보다 네 관심이 끌리는 직업이 없는지 한 번 생각해 보렴. 아마도 네 아버지가 해온 재단사 일보다는 다른 직업이 더 마음에 드나 본데, 내가 도와줄 테니 무슨 생각을 하고 있는지 기탄없이 말해 보렴." 하지만 알라딘이 아무 대답이 없자, 아프리카 마법사가 이어 말했다. "딱히 어떤 일을 배우고 싶지 않고 그저 웬만큼 사는 걸 원한다면, 내가 비싼 천과 고급 옷감으로 가득한 가게를 하나 내줄 수도 있단다. 물건을 팔아 생긴 돈으로 또 다른 제품을 사는 거지. 그런 식으로 하면 웬만큼 살아갈 수 있지 않겠니? 네 자신에게 물어보고 솔직한 심정을 말해 주렴. 나는 언제든 약속을 지킬 준비가 되어 있단다."

이 같은 제안에 알라딘은 깊이 감동했다. 재단사처럼 손으로 하는 일이라면 아주 질색이었다.

이와는 반대로 옷감 따위를 파는 가게들이 얼마나 정갈하고 깨끗하며 많은 사람들이 드나드는지 알라딘은 잘 알고 있을 뿐더러, 이런 물건을 파는 상인들은 옷도 잘 입고 인정도 많이 받기 때문이다. 아프리카 마법사가 자신의 삼촌이라고 철석같이 믿는 알라딘은 다른 무엇보다도 바로 이쪽 일이 자신의 성향이라는 점을 그에게 주지시켰고, 알라딘은 그가 자신에게 보여 준 호의에 대해서 평생 은혜를 갚겠다고 이야기했다. 그러자 아프리카 마법사가 말했다. "이 직업이 마음에 드는 모양이니, 내일 같이 가서 깨끗하고 좋은 옷으로 사 입자꾸나. 이 도시의 거상 중 한 명 같은 모습으로 만들어 주마. 그리고 모레는 내가 생각한 방식으로 가게를 낼 궁리를 같이 해보자꾸나."

그때까지도 아프리카 마법사가 남편의 형제라는 사실을 믿지 않았던 알라딘의 어머니는 그가 아들에게 보인 고마운 배려에 더 이상 의심하지 않게 되었다. 알라딘의 어머니는 아프리카 마법사의 선의에 대해 고마움을 표시했다. 그리고 아들에게 삼촌이 베풀어 준 호의에 어긋나는 사람이 되지 말라고 신신당부를 한 뒤, 저녁 식사를 내왔다. 식사 내내 같은 주제로 대화가 이어졌고, 이윽고 밤이 깊어지자 아프리카 마법사는 알라딘과 어머니에게 작별 인사를 하고 집을 나섰다.

다음 날 아침, 아프리카 마법사는 약속대로 어김없이 재단사 무스타파 미망인의 집을 다시 찾았다. 그는 알라딘을 데리고 어느 거상의 가게로 향했다. 이 가게에서는 다양한 연령대가 여러 용도로 입을 수 있는 옷과 온갖 옷감을 팔고 있었다. 아프리카 마법사는 알라딘의 사이즈에 맞는 옷들을 보여 달라고 했다. 그는 알라딘이 마음에 들어 하는 옷들은 모두 따로 빼놓고 눈에 들지 않았던 나머지는 치우도록 한 뒤 말했다. "알라딘, 이 가운데 가장 마음에 드는 걸 골라 보렴." 새로 생긴 삼촌의 관대함에 매료된 알라딘이 하나를 고르자 아프리카 마법사는 옷값을 치르고, 아울러 함께 갖추어야 할 물품들도 다 사 주었다. 모두 흥정 없이 제값을 지불했다.

머리부터 발끝까지 말끔하게 차려입은 알라딘은 삼촌에게 무한한 감사를 표했다. 아프리카 마법사는 앞으로 결코 알라딘을 버리는 일은 없을 거라고 약속하며 언제나 함께 있겠노라 다짐했다. 이어 아프리카 마법사는 알라딘을 데리고 도성에서 사람들이 가장 붐비는 곳 중에서도 특히 부유한 상인들의 가게가 있는 곳으로 향했다. 그리고 비싼 옷감과 고급 천들을 파는 가게들이 즐비한 거리에 도착했을 때, 알라딘에게 말했다. "지금 이 사람들처럼 너도 곧 상인이 될 테니 이들과 자주 만나 네 존재를 알리는 게 좋을 거다." 이어 아프리카 마법사는 알라딘에게 가장 아름답고 성대한 사원을 보여 주었다. 외국 상인들이 모이는 대상隊商 숙소와 아프리카 마법사가 자유롭게 드나드는 왕궁 구역으로도 알라딘을 데려갔다. 함께 도시의 아름다운 곳은 죄다 돌아다닌 두 사람은 아프리카 마법사가 머물고 있는 대상 숙소에 도착했다. 그곳에는 상인들 몇몇이 있었는데 아프리카 마법사가 이곳에 도착한 뒤로 알게 된 사람들이었다. 아프리카 마법사는 사람들을 모두 불러 모아 크게 술판을 벌이고, 자신의 새로운 조카를 소개시켜 주었다.

술판은 저녁때가 되어서야 끝이 났다. 알라딘은 인사를 한 뒤 집으로 돌아가려 하였으나 아프리카 마법사는 굳이 집까지 직접 데려다 주었다. 알라딘의 어머니는 아들이 멋지게 차려입은 모습을 보자 기뻐서 어쩔 줄을 몰랐다. 어머니는 자기 아들을 위해 돈을 많이 쓴 아프리카 마법사에게 연신 고맙다는 인사를 했다. "알라딘에게 이렇게 관대한 삼촌이 생기다니, 이 엄청난 호의에 뭐라고 감사해야 할지 모르겠어요. 제 아들 녀석은 삼촌한테 이런 대접을 받을 자격도 없는 놈인데 말이죠. 얘가 삼촌 고마운 줄도 모르고 이 같은 각별한 호의에 보답하지 않는다면 천하의 몹쓸 녀석일 거예요. 삼촌, 정말이지 진심으로 감사드려요. 이 녀석이 삼촌께서 알려 주신 가르침대로 살아 나가면서 은혜에 보답하는 모습을 볼 때까지 오래오래 사셔야 해요."

이어 아프리카 마법사가 말했다. "알라딘은 괜찮은 아이예요. 말도 잘 듣고, 저와 함께 무언가 잘 해낼 수 있으리라 믿어요. 단 한 가지 아쉬운 건, 내일은 제가 약속했던 걸 할 수 없다는 거예요. 금요일이라 상점들이 문을 닫거든요. 그래서 가게 하나를 임대하여 필요한 물건들을 갖출 수가 없어요. 상인들이 다들 문 닫고 놀 생각밖에 안 할 테니까요. 그래서 토요일에 다시 일을 시작할 겁니다. 내일 알라딘을 만나러 오기는 할 거예요. 알라딘을 데리고 아름다움이 꽃피는 정원을 산책할까 해요. 알라딘은 여태껏 어린아이들하고만 놀아서 이 세계 사람들이 노는 법을 전혀 모를 거예요. 이제 알라딘은 성인 남자들을 만나야 한다고 생각합니다." 말을 마친 아프리카 마법사는 알라딘과 어머니에게 작별 인사를 고하고 돌아갔다. 그런데 잘 차려입은 자신의 모습에 뛸 듯이 기뻤던 알라딘은 이미 도성 주변 정원들을 산책하며 재미있게 놀 생각에 좋아 죽을 지경이었다. 사실 알라딘은 성문 밖으로 나가 본 적이 한 번도 없었다. 아름답고 재미있는 것들로 넘쳐나는 도성 주위는 구경도 못 해본 것이다.

다음 날 아침, 알라딘은 자리에서 일어나 옷을 입고 삼촌이 자기를 데리러 오기만 하면 곧바로 나갈 채비를 했다. 오랜 기다림에 초조해하다가 문을 열고 문턱에 서서 삼촌이 오는지 살폈다. 알라딘은 삼촌의 모습이 보이자마자 어머니에게 삼촌이 도착했다고 소리치고, 다녀오겠다는 인사를 하고서는 뛰어갔다.

아프리카 마법사는 무척 친근하게 알라딘을 쓰다듬으며 다정하게 말했다. "알라딘, 어서 같이 가자. 오늘은 여러 가지를 보여주고 싶구나." 그는 어느 문으로 알라딘을 데려갔는데, 크고 아름다운 집들이 많은 곳으로 통하고 있었다. 사실 집이라기보다는 환상적인 궁전 같은 건물들이었다. 거기에는 매우 아름다운 정원이 있었는데 누구나 자유롭게 드나들 수 있도록 되어 있었다. 한 곳 한 곳 들어갈 때마다 아프리카 마법사는 알라딘에게 그곳이 예쁘냐고 물어보았다. 그리고 알라딘은 새로이 다른 곳이 눈에 띌 때마다 "여기는 방금 봤던 곳보다 더 아름다운 것 같아요!"라며 선뜻 대답했다. 그런데 두 사람은 계속해서 점점 더 들판 깊숙한 곳으로 들어갔고, 자신의 계획을 실행하기 위해 조금 더 멀리 가고 싶었던 교활한 아프리카 마법사는 기회를 봐서 어느 정원으로 들어갔다. 아프리카 마법사는 사자 동상의 코에서 물이 흘러나오는 어느 커다란 분수대 근처에 자리를 잡고 앉아 지친 기색을 하며 잠깐 쉬라고 알라딘을 붙잡았다. "알라딘, 너도 나처럼 피곤하지? 여기에서 잠깐 쉬며 몸 좀 추슬러 보자꾸나. 잠깐 쉬고 나면 걷는 게 더 수월해질 게다."

알라딘이 자리에 앉자 아프리카 마법사는 허리춤에 매고 있던 주머니에서 과자와 여러 가지 과일을 꺼내어 분수대 가장자리에 펼쳐 놓았다. 아프리카 마법사는 알라딘과 함께 케이크를 나눠 먹고 과일은 먹고 싶은 대로 골라 먹을 수 있도록 했다. 이 조촐한 식사가 이뤄지는 동안, 아프리카 마법사는 삼촌으로서 조카 알라딘에게 동네 꼬마들과 노는 걸 자제하도록 타일렀다. 그보다는 현명하고 조신한 성인 남자들과 더 가까이 하라며 몇 가지 훈계를 늘어놓았다. "곧 있으면 너도 어른인데, 지금처럼 그렇게 놀다가 언제 어른들처럼 올바른 말과 행동을 하겠니?" 식사를 마친 두 사람은 자리에서 일어나 정원을 가로질러서 가던 길을 계속 갔다. 정원과 정원 사이는 약간의 고랑으로만 구분이 되고 있었는데, 이 고랑이 경계선 역할을 해주었다. 그래도 서로 대화를 하기에는 무리가 없는 거리였다. 이 도성 안의 사람들은 정직하고 성실했기 때문에 서로의 영역을 침범하지 않기 위한 별도의 주의사항이 필요 없었다. 아프리카 마법사는 어느새 꽤 먼 곳까지 알라딘을 데리고 들어가 들판을 가로질렀다. 두 사람은 어떤 산 부근까지 와 있었다.

 난생처음 이렇게 멀리까지 와 본 알라딘은 너무 오랜 여정에 극심한 피로를 느꼈다. "삼촌, 우리 지금 어디 가는 거예요? 정원에서 너무 멀리 떨어진 거 아니에요? 이제 산밖에 안 보여요. 여기서 더 갔다가는 다시 집으로 돌아갈 힘이 없을 거 같아요." 그러자 삼촌을 가장한 아프리카 마법사가 말했다. "조금만 더 힘을 내거라! 지금까지 본 것보다 훨씬 더 멋진 정원을 보여 주고 싶어서 그렇단다. 여기에서 그리 멀지 않아. 이제 딱 한 걸음만 더 가면 된단다. 거기 도착하고 난 뒤에는 이렇게 훌륭한 곳에 안 왔으면 큰일날 뻔했다고 말할지도 몰라. 이제 얼마 안 남았으니 조금만 더 가보자꾸나." 알라딘은 결국 삼촌 말을 곧이들었고 아프리카 마법사는 훨씬 더 먼 곳까지 알라딘을 데리고 갔다. 가는 길에 알라딘이 지루함과 피로를 견딜 수 있도록 여러 가지 재미난 이야기도 들려주었다.

두 사람은 어느덧 산과 산 사이에 도달했다. 두 산 모두 그리 높지 않고 비슷비슷한 높이였는데, 폭이 꽤 좁은 골짜기 하나를 사이에 두고 서로 나뉘어 있었다. 아프리카 마법사가 먼 아프리카 끝에서 중국까지 건너오며 마음속에 품고 있던 계획을 실행하기 위해 알라딘을 데려오고자 했던 곳이 바로 여기였다. 아프리카 마법사가 말했다. "이제 다 왔단다. 아무도 모르는 엄청난 것들을 네게 보여 줄 생각이야. 아마 이걸 보고 나면 이 세상에서 그 누구도 본 적 없는 황홀한 광경을 목격한 데 대해 감사하게 될 게다. 내가 불을 피우는 동안 주위에 있는 가시덤불을 죄다 모아 쌓아 올려라. 불이 타오르려면 바짝 마른 놈들로 모아야 한다."

그곳에는 꽤 많은 가시덤불이 있었고, 아프리카 마법사가 불을 피우는 동안 알라딘은 필요 이상으로 많은 양을 쌓아 올렸다. 아프리카 마법사는 가시덤불 더미에 불을 붙이고, 준비해 온 향료를 뿌렸다. 매우 짙은 연기가 퍼지자 그는 도통 알아들을 수 없는 이상한 마법의 주문을 외워 연기가 꿈틀대며 피어오르게 했다.

이와 함께 땅이 약간 흔들리면서 알라딘과 아프리카 마법사 앞에서 양쪽으로 갈라졌고, 가로세로 45센티미터, 높이 30센티미터 정도의 네모난 바위가 보였다. 바위의 한가운데에는 청동 고리가 달려 있어 위로 들어 올릴 수 있게 되어 있었다. 알라딘은 눈앞에서 벌어지는 광경에 경악하여 도망이라도 치고 싶었으나 그는 이 신비로운 과정에서 필요한 존재였다. 아프리카 마법사는 알라딘을 붙잡아다 크게 호통을 치며 따귀를 갈겼다. 너무 세게 때린 탓에 알라딘은 바닥에 내동댕이쳐졌고, 하마터면 앞니가 날아갈 뻔했다. 입에서 피까지 흐르고 있었다. 불쌍한 알라딘은 눈물을 글썽이고 벌벌 떨며 말했다. "삼촌, 제가 뭘 어쨌기에 이렇게 무지막지하게 때리신 거예요?" 그러자 아프리카 마법사가 대답했다. "내게 그 정도 권리는 있지. 나는 네 삼촌이고, 지금 네 아버지 자리를 대신하고 있지 않니? 내게 반항해서는 안 되지." 아프리카 마법사는 목소리를 한결 누그러뜨리며 말했다. "사랑하는 조카님, 두려워할 것 없단다. 별다른 걸 바라는 건 아니야. 내가 너한테 줄 엄청난 혜택을 누리고 싶다면, 그리고 그럴 만한 자격을 갖추고 싶다면, 그저 내 말을 고분고분 들으라는 것뿐이야." 아프리카 마법사가 이렇게 약속하자 알라딘의 두려움과 억울함은 약간 잦아들었다. 그리고 알라딘이 완전히 마음을 놓자, 아프리카 마법사가 이어 말했다. "내가 향료와 주문으로 뭘 하는지 잘 봤겠지? 이제 명심해야 할 건 이 바위 밑에 보물이 숨겨져 있다는 사실이야. 이 보물은 이제 네 거란다. 이걸로 세상에서 제일 부유한 왕들보다 더 큰 부자가 될 수 있어! 이 바위를 들어 올리고 안으로 들어갈 수 있는 건 이 세상에 너 하나 밖에 없기 때문이야. 이제 문이 열리면 나는 바위를 만져서도 안 되고, 보물 창고에 발을 들여놓을 수도 없어. 따라서 이제 내가 말한 것들을 하나도 빠짐없이 하나하나 이행해야 한다. 이건 너한테나 나한테나 무척 중요한 일이야."

알라딘은 눈앞에 펼쳐진 광경에 여전히 어안이 벙벙했고, 보물에 관한 이야기도 그저 놀라울 따름이었다. 자기가 그 누구보다도 부자가 된다니 이게 무슨 말인가? 알라딘은 크게 놀란 나머지 그동안 무슨 일이 있었는지 전부 다 잊어버렸다. 그는 자리에서 일어나며 말했다. "삼촌, 제가 뭘 하면 되는 거죠? 말씀만 해 주세요. 뭐든 다 따를 준비가 되어 있어요." 아프리카 마법사는 알라딘을 쓰다듬어 주며 말했다. "너도 이 대업에 함께하게 돼서 무척 기쁘구나. 이리 오렴. 내 가까이로 와. 그리고 이 고리를 잡고 바위를 들어 올려라." "하지만 삼촌, 제게는 이 바위를 들어 올릴 힘이 없는 걸요. 삼촌께서 도와주셔야 할 것 같아요." "아니다. 내 도움은 필요 없어. 내가 너를 도우면 우리 둘 다 망하게 된다. 너 혼자 힘으로 이걸 들어 올려야 해. 고리를 잡고 아버지, 할아버지 이름을 크게 불러 봐. 그리고 힘껏 들어 올리렴. 그러면 별로 어렵지 않게 들어 올릴 수 있을 게다." 알라딘은 아프리카 마법사가 일러 준 대로 했다. 그러자 쉽게 바위가 들렸고, 알라딘은 이를 옆에 내려놓았다.

바위가 들리자 90~120센티미터 정도 되는 깊이의 지하 동굴이 보였고, 작은 문과 좀 더 내려갈 수 있는 계단도 보였다. 이때 아프리카 마법사가 말했다. "우리 조카님, 이제부터는 내가 하는 말을 빠짐없이 그대로 따라야 한단다. 먼저 이 지하 동굴 안으로 내려가거라. 여기 보이는 계단을 다 내려가면 문이 하나 열려 있고, 돔 천장으로 된 커다란 공간으로 통할 거다. 거기에는 커다란 방이 세 개 있는데, 각각의 방에는 오른쪽과 왼쪽에 네 개의 청동 화병이 있을 게야. 술통처럼 커다란 화병에는 금은보화가 가득 들어 있는데, 절대 만져서는 안 된다. 첫 번째 방에 들어가기 전에는 치렁치렁한 겉옷을 벗어 허리춤에 단단히 둘러매어라. 첫 번째 방에 들어간 다음에는 멈추지 말고 단숨에 지나가야 한다. 그렇게 첫 번째 방에서 세 번째 방까지 멈추지 말고 단숨에 지나가되, 절대 벽에 가까이 가지 마라. 옷깃조차 스쳐선 안 된다. 만일 여기에 조금이라도 닿게 되면 그 자리에서 죽게 될 것이다. 그래서 옷을 허리춤에 단단히 둘러매라고 한 거다. 세 번째 방에 다다르면 문이 하나 있는데 과일들이 주렁주렁 달린 아름다운 나무들이 가득한 정원으로 통한단다. 똑바로 걸어가 이 정원을 지나고 나면 50칸짜리 계단에 다다를 테고 올라가면 테라스가 보일 게다. 테라스에 당도하면 벽감에 불이 켜진 램프가 하나 있을 거야. 이 램프를 집어 불을 꺼라. 그리고 심지를 버리고 안에 든 용액을 비운 뒤 품 안에 넣고 가져오너라. 옷은

엉망이 되어도 상관없다. 램프에 든 용액은 기름이 아니니까. 그리고 안에 든 용액을 비우면 램프는 금세 마를 거다. 정원의 과일은 원하는 만큼 따도 괜찮다. 이건 금지 사항이 아니란다."

이렇게 말한 아프리카 마법사는 손가락에 있던 반지를 빼서 알라딘에게 끼워 주었다. 그리고 이 반지가 모든 악을 물리쳐 주는 부적이라고 말하며, 앞서 일러 준 모든 주의 사항들을 확인시켜 주었다. 그러고 난 뒤 말했다. "자, 이제 가거라. 과감히 내려가는 거야. 우리는 둘 다 부자가 될 거다. 평생 동안 부자로 사는 거야."

알라딘은 지하 동굴 안으로 가뿐히 뛰어내렸고, 계단 아래까지 내려갔다. 알라딘은 아프리카 마법사가 설명해 준 세 개의 방을 발견했다. 알라딘은 아프리카 마법사가 일러 준 사항을 지키지 않으면 죽을 수도 있다는 걸 알고 있었기 때문에 최대한 조심하며 방을 지나갔다. 한 번도 멈추지 않고 정원을 지나 테라스로 올라간 알라딘은 벽감 안에 불이 켜진 램프를 집었다. 심지와 안에 든 용액을 버리고, 아프리카 마법사의 말대로 램프의 물기가 마르자 품속에 집어넣었다. 알라딘은 테라스를 내려와 잠시 정원에 멈추어 과일들을 바라보았다. 아까는 급하게 지나오느라 과일들을 보지 못했었다. 이 정원의 나무들에는 모두 신기한 과일들이 매달려 있었다. 나무 하나에 여러 색깔의 과일이 달려 있었다. 하얀 것도 있었고 크리스털같이 반짝이는 투명 과일도 있었다. 짙은 정도는 달랐지만 붉은색 계열도 있었고 녹색, 파랑색, 보라색, 노르스름한 색 등 온갖 색깔의 과일들이 다 있었다. 하얀색 과일은 진주였고, 반짝이는 투명 과일은 다이아몬드였다. 짙은 빨강은 루비였으며, 옅은 빨강은 스피넬이었다. 녹색은 에메랄드, 파란색은 터키옥, 보라색은 자수정이었으며, 노르스름한 것은 사파이어였다. 과일들은 모두 이런 식의 보석들이었는데, 전부 다 크기도 굵직굵직할뿐더러 세상 어디에서도 볼 수 없는 완벽한 상태였다. 보석의 가치도 모르고 뭐가 좋은지도 몰랐던 알라딘은 이 보석들은 안중에도 없었다. 보석은 무화과나 포도, 그 외 중국에서 나는 맛있는 과일들만큼이나 알라딘의 관심을 끌지 못했다. 게다가 알라딘은 그것들의 가격을 알 만한 나이도 아니었다. 그에게 이 보석들은 그저 색깔 있는 유리 정도로밖에 보이지 않았고, 그 이상의 가치가 없었다. 다만 과일들의 색깔이 화려하고 다채로운 데다, 보기 드물게 묵직하고 아름다운 형체였기 때문에 종류별로 다 따고 싶은 마음이 들었다. 그래서 각 색깔별로 여러 개를 따서 양쪽 호주머니에 집어넣었고, 입고 있는 옷과 아프리카 마법사가 사준 돈주머니 두 개에도 채워 넣었다. 돈주머니는 한 번도 쓰지 않은 새것이었지만 다른 게 없었기 때문이다. 호주머니가 이미 가득 차는 바람에 돈주머니는 허리에 매달았다. 그리고 넓은 비단 천으로 만든 허리띠의 허리주름으로 이 주머니들을 감쌌고, 여러 번 휘감아 단단히 고정시켰다. 알라딘은 겉옷과 셔츠 사이 품속에다가도 보석을 쑤셔 넣었다.

　알라딘은 이렇게 그 가치도 모르는 보석을 잔뜩 집어넣고 아프리카 마법사가 기다릴까 봐 왔던 길을 서둘러 되돌아갔다. 그리고 앞서 이곳에 왔을 때의 주의사항을 되새기며 세 개의 방을 가로지른 뒤, 내려왔던 길을 다시 올라가 마침내 마술사가 안절부절못하며 기다리고 있는 지하 동굴 입구에 도착했다. 알라딘이 아프리카 마법사를 보자마자 말했다. "삼촌, 제가 올라갈 수 있도록 손 좀 내밀어 주세요." 그러자 아프리카 마법사가 말했다. "그 전에 램프부터 다오. 램프가 있으면 올라오기 불편하잖니?" 이어 알라딘이 말했다. "아니에요, 삼촌. 램프는 하나도 거치적거리지 않아요. 죄송하지만 램프는 여기에서 나간 뒤 곧바로 드릴게요." 아프리카 마법사는 알라딘에게 램프부터 달라고 끈질기게 종용했고, 곳곳에 쑤셔 넣은 보석들 때문에 램프를 가지고 위로 올라가기가 불편했던 알라딘은 악착같이 램프를 먼저 주려 하지 않았으며 일단 밖으로 나간 다음에 주겠다고 했다. 알라딘이 고집을 부리자 아프리카 마법사는 크게 노하여 애써 불길을 지키고 있던 불 속에 향료를 뿌렸다. 주문을 두 마디 외우는 순간 지하 동굴 입구를 막고 있었던 바위가 저절로 다시 제자리로 돌아갔고, 그 위로 흙이 덮여 알라딘과 아프리카 마법사가 처음 이곳에 왔던 때와 똑같은 상태가 되었다.

아프리카 마법사는 분명 그가 자부하던 대로 재단사 무스타파의 형제가 아니었다. 그러니 당연히 알라딘의 삼촌도 아니었다. 그는 실제로 아프리카에서 왔으며 태어난 곳도 아프리카였다. 아프리카는 다른 어느 곳보다 마법을 중시했기 때문에, 그는 어릴 적부터 마법을 익혔다. 약 40년간 마법, 흙을 이용한 점술, 훈증요법 등을 익히고 마법서를 독파한 끝에 요술램프의 존재를 알게 됐고, 이를 가진 사람은 우주를 다스리는 그 누구보다도 강력한 힘을 얻는다는 걸 알았다. 아프리카 마법사는 흙을 이용한 점술을 써서 이 램프가 중국에 있다는 사실을 알았고, 앞서 두 사람이 걸어 온 경로를 거쳐 이곳 지하에 있다는 것까지 알아냈다. 램프의 존재를 확신한 아프리카 마법사는 앞서 말했듯 아프리카에서 출발하여 길고 힘든 여정 끝에 램프의 위치와 무척 가까운 이 마을에 도착했다. 하지만 아프리카 마법사는 자신이 알고 있는 그 장소에 틀림없이 램프가 있다고 하더라도, 직접 램프를 꺼낼 수가 없었다. 심지어 램프가 있는 지하로 몸소 들어갈 수조차 없었다. 따라서 지하로 들어가 램프를 가져다 줄 누군가가 필요했다. 그래서 아프리카 마법사는 이 일을 수행해 줄 순수하고 평범한 아이로 보인 알라딘에게 접근했다. 그는 램프를 넘겨받는 순간 예의 그 훈증요법을 쓰고 마법의 주문을 외워 불쌍한 알라딘을 가차 없이 희생시킬 참이었다. 그래야 증거가 남지 않기 때문이다. 알라딘의 따귀를 때리며 엄하게 군 것은 겁을 줘서 고분고분하게 만든 뒤, 자신에게 순순히 요술램프를 내주도록 하기 위해서였다. 그런데 일이 그와 정반대로 돌아가는 바람에 못된 아프리카 마법사는 초조한 나머지 불쌍한 알라딘을 희생시켜 버리고 만 것이다. 알라딘이 계속해서 더 시간을 끈다면 행여나 누군가 그 모습을 보고서 자신이 그렇게도 감춰 왔던 비밀을 사람들에게 알릴지도 모르기 때문이었다.

아프리카 마법사는 그토록 바라던 염원이 결국 수포로 돌아가자, 다시 아프리카로 돌아가는 수밖에 없었다. 그리하여 그날로 지체 없이 길을 떠났다. 알라딘이 살던 마을로 다시 들어가지 않도록 다른 길로 돌아서 갔다. 어린아이와 함께 돌아다니다가 혼자 돌아온 모습을 사람들에게 들킬까 봐 겁이 났던 것이다.

어딜 봐도 알라딘은 이제 더 이상 세상에 존재하지 않는 사람이 된 것만 같았다. 그런데 아프리카 마법사가 알라딘이 다시는 세상 빛을 보지 못할 거라고 생각하면서 미처 생각지 못한 실수가 하나 있었다. 바로 알라딘의 손가락에 목숨을 지켜 줄 반지를 끼워 주었다는 점이다. 사실 알라딘은 미처 알지 못했지만, 그가 무사할 수 있었던 건 바로 이 반지 덕분이었다. 하지만 램프에다 반지까지 잃어버린 아프리카 마법사는 놀랍게도 그리 상심이 크지 않았다. 아프리카 마법사들이란 원래 원했던 것과 반대의 일이 생기거나 불행이 찾아오는 것에 너무나도 익숙한 사람들이기 때문에 목숨이 붙어 있는 한 늘 몽상, 망상, 환영 등을 즐기며 살아간다.

　알라딘은 그토록 자상하게 대해 주며 온갖 것들을 다 해준 가짜 삼촌이 이렇게 돌변할 줄은 꿈에도 몰랐기 때문에 말로 표현하기 힘든 당혹감에 사로잡혔다. 산 채로 매장된 알라딘은 수백, 수천 번도 더 애타게 삼촌을 불렀으며, 곧바로 램프를 주겠노라 소리쳤다. 하지만 이는 부질없는 짓이었으며, 삼촌으로부터 아무런 대답도 들리지 않았다. 그렇게 해서 알라딘은 깜깜한 어둠 속에 갇히게 되었다. 잠시 울음을 멈추고 아까 지나왔던 정원의 불빛을 찾으러 계단 아래까지 내려가 보았으나, 마법의 힘으로 열렸던 벽은 이제 또 다른 마법의 힘을 받아 굳게 닫혀 있었다. 앞으로 손을 뻗어 오른쪽, 왼쪽을 여러 차례 더듬어 보았지만, 어디에도 문은 없었다. 알라딘은 더 큰 목소리로 소리치며 울고 불고 하다가, 더 이상 세상 빛을 못 보게 됐다고 상심하며 계단에 주저앉았다. 서글픈 현실이지만 이렇게 어두컴컴한 곳에 있다가 곧 다가올 죽음의 그림자에 사로잡히게 될 것은 너무나도 자명한 사실이었다.

　알라딘은 아무것도 먹지도 마시지도 못한 채 이틀을 보냈다. 그리고 사흘째가 되던 날, 죽음을 피할 수 없는 숙명으로 느끼고 두 손을 마주한 채 위로 들어 올렸다. 알라딘은 모든 것을 신의 뜻에 맡긴 채 체념하고 소리쳤다. "전지전능한 힘을 갖고 계신 건 오직 저 위의 위대한 신뿐이다."

두 손을 합장한 채, 이렇게 기도하다가 알라딘은 손가락에 낀 반지를 무심코 문질렀다. 알라딘은 이 반지에 어떤 효험이 있는지 미처 모르는 상태였다. 그러자 거대한 몸집에 무시무시한 눈빛을 한 램프의 정령이 불현듯 나타났다. 램프의 정령은 마치 땅에서 솟아난 듯했다. 머리가 천장에 닿을 정도로 거대한 램프의 정령은 이렇게 말했다. "그대가 원하는 건 무엇인가? 손에 반지를 낀 모든 이들과 그대의 노예로서, 반지의 다른 노예들과 함께 나는 그대의 명령에 복종할 준비가 되어 있다."

알라딘은 언제 어디서도 보지 못한 이런 광경에 잔뜩 겁을 집어먹은 채, 눈앞에 펼쳐진 신기한 형상 앞에서 할 말을 잃었다. 하지만 지금 자신이 처한 위기에 온통 정신이 사로잡혀 주저 없이 답했다. "네가 누군지는 모르겠다만, 할 수 있다면 나를 여기서 나가게 해다오." 말이 끝나자마자 바닥이 열리고 알라딘은 지하 동굴 밖으로 나오게 되었다. 아프리카 마법사가 알라딘을 데리고 왔던 바로 그곳이었다.

짙은 어둠 속에서 한참 동안 갇혀 있던 알라딘은 눈부신 한낮의 태양빛에 눈을 뜰 수 없었다. 하지만 알라딘의 눈은 한낮의 밝기에도 서서히 적응되어 갔고, 이에 주위를 둘러보다가 문이 열렸던 흔적이 전혀 없는 바닥을 보고 무척이나 놀랐다. 자기가 어떻게 해서 갑자기 지하 깊은 곳에서 밖으로 빠져나올 수 있었는지 도통 알 수가 없었다. 불을 붙였던 가시덤불 자리로만 지하 동굴의 위치를 대략 가늠할 수 있을 뿐이었다. 알라딘은 다시 마을이 있던 곳으로 향했고, 정원들로 둘러싸인 곳에서 마을의 위치를 가늠할 수 있었다. 아프리카 마법사가 자신을 끌고 갔던 길도 기억해 냈다. 그리고 왔던 길을 되돌아가며 신에게 감사했다. 다시는 돌아오지 못할 것이란 생각에 좌절했었는데, 다시금 세상 빛을 볼 수 있었기 때문이다. 알라딘은 만신창이가 된 몸을 이끌고 마을로 돌아와서 힘겹게 집으로 향했다. 그는 집에 들어서자 잠시 기절하고 말았다. 거의 사흘 동안 아무것도 못 먹어 기력이 쇠했던 데다 어머니를 다시 만난 반가움까지 더해져서 정신을 잃은 것이다. 어머니는 아들이 없어졌거나 이미 저세상 사람이 된 게 틀림없다고 생각하여 상심해 울다가 알라딘이 그 몰골로 돌아오자 놀라서 정성껏 간호해 주었다. 알라딘이 정신을 차리고 내뱉은 첫마디는 먹을 것을 달라는 말이었다. "어머니, 어머니, 일단 먹을 것 좀 주세요. 사흘째 아무것도 못 먹었어요." 어머니는 집에 있던 음식을 가져와 알라딘의 앞에 놓아 주며 말했다. "애야, 너무 급하게 먹지 마라. 그러다 체하겠다. 편하게 천천히 먹으렴. 몸도 챙겨 가며 먹어야지. 무슨 사정이었는지 얘기해 달라고 서두르지 않으마. 충분히 쉬고 난 뒤 정신이 좀 들면, 그동안 무슨 일이 있었던 건지 말해다오. 네 얼굴을 다시 보게 된 것만으로도 기쁘단다. 지난 금요일부터 얼마나 속상했는지 몰라. 밤이 깊었는데도 네가 돌아오질 않으니, 네게 무슨 일이 생긴 건 아닌가 하고 온갖 끔찍한 상상은 다 했단다."

알라딘은 어머니의 충고에 따라 천천히 조금씩 음식을 먹은 뒤, 적당히 목을 축였다. 이윽고 정신이 들자 말했다. "어머니, 그런 사기꾼 같은 남자의 속임수에 어쩜 그렇게 감쪽같이 속아 넘어갈 수가 있죠? 그자는 나를 죽일 심산이었어요. 지금 이 순간에도 내가 완전히 죽은 줄 알고 있어요. 내가 더 이상 이 세상 사람이 아니거나, 자기가 날 버리고 간 그날로 바로 죽은 줄 알겠죠. 하지만 어머니도 나도 그 사람을 삼촌으로 믿었잖아요. 나한테 그렇게 잘해 주고 아껴 줬는데, 나한테 그 많은 걸 다 해주겠다고 약속했는데, 어떻게 그를 안 믿을 수가 있었겠어요? 하지만 어머니, 그는 사기꾼에, 배신자에 아주 교활하고 나쁜 사람이에요. 어머니도 나도 도무지 영문을 알 수 없었지만, 그가 나를 그곳에 데려가서 버리고 오기 전까지만 해도 이거 해준다, 저거 해준다며 얼마나 많은 약속을 했게요. 하지만 나는 그가 조금이라도 함부로 대해도 좋을 만한 행동은 전혀 하지 않았어요. 내가 그 작자의 파렴치한 계획에 휘말렸다 돌아온 얘기를 들으시면, 어머니도 제 심정을 충분히 이해하실 거예요."

알라딘은 아프리카 마법사가 자신을 데리고 가서 도성 밖의 궁전이며 정원 등을 보여 준 금요일 이후, 그와 함께 있는 동안 일어났던 일을 전부 말했다. 두 개의 산이 있는 곳에 도달할 때까지 가는 길에 무슨 일이 있었는지도 이야기해 주었고, 목적지에 도달해서 아프리카 마법사가 굉장한 마법을 부린 일도 다 이야기해 주었다. 불 속에 넣은 향료와 마법의 주문으로 일순간 땅이 어떻게 갈라져서 보물 창고로 이어지는 지하 동굴 입구가 보이게 됐는지도 설명했다. 아프리카 마법사가 자신의 뺨을 때린 일이나 약간 화를 누그러뜨린 뒤 어떤 식으로 숱한 약속을 흘리며 손가락에 반지를 끼워 지하 동굴로 보냈는지도 잊지 않고 이야기했다. 세 개의 방과 정원을 갔다 오면서 봤던 모든 것들을 빠짐없이 다 말했고, 품에서 꺼내 보여 드린 요술램프가 놓여 있던 테라스와 돌아오는 길에 정원에서 딴 형형색색의 투명한 과일에 관해서도 모조리 이야기했다. 알라딘이 두 개의 돈주머니에 가득 담아 온 다채로운 투명 과일들은 어머니 또한 별로 대수롭지 않게 여겼다. 보석이 분명했는데도 말이다. 방을 밝혀 주던 램프의 불빛 덕분에 보석들은 태양처럼 빛났고, 이것만으로도 그 굉장한 가치는 알고도 남음이 있었다. 하지만 알라딘의 어머니는 이 분야에 대해 아들보다 더 아는 게 없었다. 어머니는 매우 가난한 환경에서 자랐고, 그 남편 또한 재산이 많지 않아 아내에게 이런 종류의 보석 따위를 사줄 형편이 아니었기 때문이다. 게다가 알라딘의 어머니는 자신의 어머니와 할머니에게서도, 주위 어느 아낙에게서도 이런 물건을 본 적이 없었다. 따라서 그녀가 이 보석들을 그저 조금 값나가는 물건 정도로만 여기거나 기껏해야 그 다양한 색깔 때문에 조금 다르게 본다고 해서 놀랄 일은 전혀 아니다. 그래서 알라딘은 앉아 있던 소파의 쿠션 뒤로 이 보석들을 치워 버렸다. 알라딘은 동굴 속에서의 모험에 대한 이야기를 모두 마친 다음, 다시 동굴 입구로 돌아와 밖으로 나가려던 때의 이야기도 했다. 아프리카 마법사에게 램프를 나중에 주겠다고 하자, 불씨를 살려 두었던 불길 속으로 향료를 집어던지며 마법의 주문을 외워 동굴 입구를 닫아 버렸다고 이야기했다. 알라딘은 그 진가를 몰랐던 반지를 문질러 동굴 밖으로 나와 다시 세상으로 돌아오기 전까지, 끔찍한 동굴 속으로 다시 산 채로 내던져지며 처했던 비운의 처지를 떠올리자 설움이 북받쳐 도저히 눈물 없이는 이야기를 이어갈 수가 없었다. 이 모든 이야기를 마쳤을 때 알라딘은 어머니에게 이야기했다. "그 다음에 어떻게 됐는지는 어머니도 잘 아실 테니, 여기까지만 이야기해 드릴게요. 어머니 곁을 떠나 있는 동안 하루하루가 얼마나 위험한 모험이었는지 몰라요."

어머니는 아들의 말을 끊지 않은 채 인내심을 갖고 이 경이롭고 놀라운 이야기를 들어 주었다. 제아무리 부족한 점이 많은 아들이라도, 자식을 사랑하는 어머니로서는 너무나도 슬픈 이야기였다. 가장 가슴이 아픈 대목에서는 아프리카 마법사의 배신이 보다 극명하게 드러나서 분개하는 마음으로 그에 대한 혐오감을 표현했다. 알라딘이 이야기를 모두 마치자마자 어머니는 사기꾼에 대한 수천 가지 욕설을 쏟아 놓았다. 아프리카 마법사에 대해서는 배신자, 거짓말쟁이, 천하의 상놈, 살인자, 사기꾼, 빌어먹을 아프리카 마법사, 원수, 인간 말종 등의 수식어를 늘어놓았다. 그리고 이렇게 덧붙였다. "그래, 애야. 그 자식은 빌어먹을 아프리카 마법사다. 아프리카 마법사들이란 원래 모두에게 해를 끼치는 암적인 존재야. 저들은 마법이나 주술 따위로 악마와 거래를 한단다. 빌어먹을 아프리카 마법사의 천인공노할 악덕함에 네가 고스란히 당하지 않게 해주신 신에게 축복을 빌자꾸나! 신께서 네게 베풀어 주신 은덕에 감사해야 한다! 만일 네가 신의 존재를 망각하고 그분께 간절히 구원을 요청하지 않았더라면, 아마 죽음을 면치 못했을 게야!" 알라딘의 어머니는 아프리카 마법사가 아들에게 저지른 배신에 대해 분개하며 이런저런 말들을 쏟아 냈다. 하지만 이런 이야기를 하는 동안, 어머니는 사흘째 한숨도 못 잔 알라딘에게 휴식이 필요하다는 사실을 깨달았다. 그리하여 잠을 자라며 아들을 침실로 보냈고, 얼마 후 자신도 곧 잠자리에 들었다.

지하 동굴 속에서 한숨도 못 잤던 알라딘은 밤새도록 깊은 잠에 빠져들었고, 다음 날 꽤 늦게까지 잤다. 알라딘이 자리에서 일어나 어머니에게 제일 먼저 했던 말은 아침을 좀 달라는 거였다. 하지만 어머니는 상을 거하게 차려 아들을 기쁘게 해줄 수가 없었다. "애야, 안타깝게도 오직 이 작은 빵조각 하나뿐이구나. 어제 저녁에 네가 먹은 게 그나마 집에 남아있던 얼마 안 되는 먹을 거리였단다. 하지만 조금만 기다리렴. 일감이 조금 있으니까, 이걸로 조금 있다가 먹을 걸 마련해 오마. 실을 뽑아서 팔면 저녁 끼니로 때울 음식 약간이랑 빵을 살 수 있을 게야." 그러자 알라딘이 말했다. "어머니, 그건 나중을 위해 잠시 남겨 두세요. 제가 어제 가져온 램프를 줘 보세요. 이걸 팔면 아침과 점심거리를 살 수 있을 거예요. 어쩌면 저녁거리까지 살 수 있을지 몰라요."

어머니는 챙겨 두었던 램프를 집어 들며 말했다. "자, 여기 있다. 그런데 램프가 꽤 더럽구나. 잘만 닦아 주면 조금 더 값이 나가지 않을까?" 어머니는 물과 가는 모래로 램프를 닦으려 하였다. 그런데 어머니가 램프를 문지르는 순간, 어마어마하게 크고 무시무시한 램프의 정령이 나타나 쩌렁쩌렁한 목소리로 말하였다.

"그대가 원하는 건 무엇인가? 손에 램프를 든 모든 이들과 그대의 노예로서, 램프의 다른 노예들과 함께 나는 그대의 명령에 복종할 준비가 되어 있다."

어머니는 할 말을 잃었다. 거대하고 무시무시한 램프의 정령은 한눈에 들어오지도 않았다. 램프의 정령이 첫마디를 던지자마자, 어머니는 너무나도 겁을 집어먹은 나머지 그만 실신하여 쓰러졌다.

이미 동굴 안에서 비슷한 경험을 한 알라딘은 신속하게 상황 판단을 하고, 잽싸게 램프를 낚아챈 뒤, 단호한 목소리로 대답하였다. "나는 배가 고프다. 먹을 것을 갖다다오." 그러자 램프의 정령이 모습을 감추더니, 잠시 후 엄청나게 큰 은쟁반을 머리에 이고 나타났다. 쟁반에는 화려한 요리들이 가지런히 담긴 열두 개의 은접시가 있었고, 눈처럼 하얗고 커다란 빵이 여섯 개나 그릇 위에 올려 있었다. 램프의 정령은 손에 들고 있던 그윽한 향미의 포도주 두 병과 두 개의 잔을 소파 위에 올려놓고 모습을 감추었다.

너무나도 순식간에 벌어진 일이라, 두 번째로 나타난 정령의 모습이 사라졌을 때에도 어머니는 여전히 정신이 혼미한 상태였다. 알라딘이 어머니의 얼굴에 물을 끼얹어 보았으나 부질없는 짓이었다. 다시금 물을 뿌리려던 참에, 정신이 마침내 제자리로 돌아온 것인지, 아니면 램프의 정령이 가져다준 음식 냄새가 어떤 작용을 한 것인지, 알라딘의 어머니는 정신을 차렸다. "어머니, 별일 아니에요. 어서 일어나셔서 식사하세요. 그럼 정신이 좀 드실 거예요. 그리고 저도 허기를 좀 채워야지요. 이 훌륭한 음식들을 다 썩히실 참이에요? 식기 전에 어서 드세요."

커다란 쟁반이며 열두 개의 접시며, 여섯 개의 빵과 두 병의 포도주, 두 개의 잔 등을 본 알라딘의 어머니는 놀라움을 금할 길이 없었다. 모든 음식 접시에서 너무나도 맛있는 냄새가 올라오고 있었다. 어머니가 알라딘에게 물었다. "얘야, 대체 이 음식들이 다 어디서 난 거냐? 우리가 이렇게 융숭한 대접을 받고 있는 이 상황이, 대관절 어느 분께 신세를 지고 있는 게냐? 술탄께서 우리의 어려운 형편을 알고 계셨던 게야? 그래서 연민을 느끼시고 동정을 베풀어 주신 게야?" 이에 알라딘이 말했다. "어머니, 얼른 식탁에 앉아서 일단 뭣 좀 먹어요. 어머니도 저만큼이나 배고프시잖아요. 일단 아침부터 다 먹고 난 뒤에 어머니의 질문에 답해 드릴게요." 식탁에 앉은 두 사람은 무척 맛있게 식사를 했다. 이렇게 잘 차려진 식탁에는 여태껏 한 번도 앉아 본 적이 없는 두 사람이었기에, 식사는 더없이 맛있고 훌륭했다.

식사를 하는 중에 알라딘의 어머니는 음식이 담긴 그릇과 접시들을 정신없이 바라보며 감탄해 마지않았다. 그게 은으로 만들어진 건지, 다른 걸로 만들어진 건지 정확히 알지는 못하였지만 놀랍기는 매한가지였다. 사실 알라딘의 어머니는 이런 식기들을 볼 기회가 많지 않았다. 솔직히 이러한 식기들이 어느 정도의 가치를 갖는지도 몰랐다. 어머니가 경탄을 금치 못하며 놀라는 것은 그저 새로운 무언가를 봤기 때문이었다. 알라딘 역시 이런 것에 대해 어머니보다 더 많은 걸 알지는 못하는 수준이었다.

그저 간단한 아침 정도로 끝날 줄 알았던 알라딘과 어머니는 점심시간이 다 될 때까지도 식탁 앞에 앉아 있었다. 너무나도 훌륭한 요리가 눈앞에 있었기에 식욕이 끊이질 않았다. 두 사람은 음식이 식지 않는 동안, 아침과 점심을 한꺼번에 먹어야겠다고 생각했다. 두 번에 나눠 먹는 일은 있을 수 없었다. 식사가 다 끝났을 때, 저녁거리뿐만 아니라 다음 날까지도 두 번은 족히 더 먹을 수 있는 분량의 음식이 남았다.

　알라딘의 어머니는 식탁을 치우고 손대지 않은 고기는 따로 치워 두었다. 그리고 소파에 와서 아들 곁에 자리를 잡고 앉으며 말했다. "알라딘, 이제 얘기를 좀 해 보아라. 밥도 다 먹었으니, 이제 아까 하려던 얘기를 좀 해주겠니?" 알라딘은 어머니가 혼절한 때부터 다시 정신을 차릴 때까지 램프의 정령과 자기 사이에서 무슨 일이 있었는지 빠짐없이 이야기했다.

　어머니는 아들이 하는 얘기와 정령의 출현에 놀라움을 금치 못했다. 이어 어머니가 말했다. "얘야, 램프의 정령이니 하는 게 다 무슨 말이냐? 지금까지 살아오면서 주위에서 그런 걸 봤다는 사람은 한 명도 없었단다. 도대체 어떻게 된 일이기에 그 무시무시한 정령이 나타난 게냐? 왜 네가 아닌 나한테 말을 걸었던 게야? 보물 동굴 안에서는 네 앞에 한 번 나타났었다면서?" 그러자 알라딘이 말했다. "어머니, 방금 전 어머니 앞에 나타났던 램프의 정령은 동굴에서 나타났던 램프의 정령이 아니에요. 거인같이 커다란 몸집은 비슷하기도 한데, 생김새나 옷차림이 완전히 달라요. 게다가 두 정령은 각자 모시는 주인도 서로 다른걸요. 기억하실지 모르겠지만, 동굴에서 봤던 정령은 제가 끼고 있던 반지의 노예라고 스스로 말했었고, 어머니 앞에 나타났던 정령은 램프의 노예라고 말했어요. 하지만 어머니는 이를 미처 알아

듣지 못하셨나 봐요. 사실 램프의 정령이 나타나 입을 연 순간부터 정신을 잃고 쓰러지셨잖아요." 이에 어머니가 소리치며 말했다. "뭐라고? 그러니까 그 어마어마한 정령이 나와서 나에게 말을 건 게 바로 램프 때문이었다고? 어머나 세상에, 얘야, 얼른 그 램프를 내 눈 앞에서 치워 버리렴. 가져가서 네가 원하는 곳에다 놔. 나는 더 이상 손도 대기 싫구나. 아예 내다 버리거나 갖다 팔면 좋겠다. 괜히 만졌다가 놀라서 죽는 것보다야 그 편이 더 낫겠어. 웬만하면 그 반지도 팔아 치우는 게 좋지 않겠니? 정령들과 거래를 해서는 안 된다. 신께서 말씀하시길, 그건 다 악마들이라고 했어." 이어 알라딘이 말했다. "어머니, 허락하신다면 현재로선 이 램프를 팔지 않고 갖고 있는 게 더 낫지 않을까 싶어요. 조금 전과 마찬가지로, 이 램프는 우리에게 매우 유용할 거예요. 이 램프가 무엇을 가져다줬는지 보셨잖아요? 램프는 우리에게 먹고살 것을 계속해서 가져다줘야 해요. 그 못된 가짜 삼촌이라는 작자가 그렇게 멀고 힘겨운 여행길을 괜히 떠났겠어요? 분명 거기에는 그럴 만한 이유가 있을 거예요. 그건 어머니도 같은 생각이시잖아요. 아프리카 마법사가 제게 주의 사항을 일러 주면서 말했듯이, 제가 봤던 방 안의 모든 금은보화보다 램프를 더 원했고, 바로 그 램프를 위해 그 먼 길을 떠나온 거라고요. 그 작자는 램프의 가치를 너무나도 잘 알고 있었어요. 그토록 값진 보물보다 이 램프를 원할 만큼 이것의 어디가 어떻게 좋은지 알고 있었던 거죠. 우리는 우연히 램프의 진가를 알게 됐으니까, 득이 되는 방향으로 사용해요. 단, 괜히 요란하게 부산을 떨면 안 돼요. 이웃들의 시기와 질투를 살 수도 있으니까요. 대신 어머니 눈앞에서는 치울게요. 램프의 정령을 너무 무서워하시니까, 필요할 때 제가 찾을 수 있는 곳에다 안 보이게 둘게요. 반지도 버려야 할지 아직 확신이 들지 않아요. 이 반지가 없었다면, 다시는 어머니 얼굴을 못 봤을지도 모르니까요. 설령 제가 지금까지 살아 있었어도 얼마 안 가 목숨을 잃었을 거라고요. 그러니까 어머니, 제가 이 반지를 끼고 소중히 간직하게 해주세요. 어머니도 저도 예상치 못했던 또 다른 위험이 기다리고 있을지, 혹시 또 누가 알아요? 그런데 이 반지가 저를 구해 줄 수도 있는 거잖아요?" 알라딘의 논리가 꽤 그럴 듯했기 때문에, 어머니는 반박할 수가 없었다. 그리하여 알라딘의 어머니가 말했다. "알았다, 애야. 원하는 대로 하렴. 하지만 난 램프의 정령 따위는 상대하고 싶지 않구나. 나는 램프와 관련된 부분에 대해서는 이만 손을 떼마. 앞으로 이것에 대해서는 더 얘기하지 않으련다."

다음 날 저녁, 식사를 마친 뒤로는 램프의 정령이 가져다준 산해진미 가운데 아무것도 남지 않았다. 그 다음 날, 알라딘은 또 다시 허기지는 것을 원치 않아서 은접시 하나를 외투 속에 넣고 이른 아침부터 밖으로 나갔다. 접시를 팔러 가던 중에 한 유태인을 길에서 만났다. 알라딘은 그를 따로 불러내어 접시를 보여 주면서 살 의향이 있는지를 물어보았다.

교활하고 약삭빠른 유태인은 접시를 들어 자세히 살펴보았다. 그는 지금껏 이렇게 훌륭한 은접시를 본 적이 없었다. 그는 알라딘에게 얼마 정도를 예상하는지 물었다. 이런 종류의 거래는 처음인 데다. 은접시의 가치를 알 리가 없는 알라딘은 유태인이 그 가치를 잘 알 테니 정직함을 믿고 맡기겠다고 이야기했다. 유태인은 알라딘의 순진함에 당황할 정도였다. 알라딘이 은접시의 가치를 아는지 모르는지 확신이 없는 상태에서, 유태인은 금화 한 냥을 꺼내 보여 주었다. 기껏해야 실제 가치의 72분의 1 정도 밖에 안 되는 금액이었다. 알라딘은 흔쾌히 금화 한 냥을 받아들고 황급히 자리를 떴다. 엄청난 이득을 챙긴 유태인은 여기에 만족하지 못하고, 알라딘이 은접시의 가격을 모른다는 사실을 자신이 미처 알아차리지 못한 데 분개했다. 그보다 훨씬 값을 덜 쳐줄 수도 있었을 텐데 말이다. 그리하여 유태인은 금화 한 냥에서 몇 푼이나마 더 건져 볼 심산으로 알라딘을 뒤쫓아 갔다. 그러나 알라딘은 거의 뛰다시피 해서 이미 너무 멀리까지 가 버린 탓에 붙잡을 수 없었다.

알라딘은 집으로 돌아가던 길에 빵집에 들러 어머니와 함께 먹을 빵을 잔뜩 샀다. 금화로 빵값을 냈고, 빵집 주인은 잔돈을 거슬러 주었다. 알라딘은 집에 돌아 와 남은 돈을 어머니에게 드렸고, 어머니는 이 돈으로 며칠간 두 사람이 사는 데 필요한 것들을 샀다. 두 사람은 이런 식으로 삶을 꾸려 갔다. 즉, 집에 돈이 떨어지면 알라딘이 곧 유태인에게 가서 은접시를 하나하나 팔아 치웠고, 마지막 열두 개째까지 모조리 팔고 말았다. 처음에 금화 한 냥으로 은접시를 산 유태인은 이런 뜻밖의 횡재를 놓칠까 봐 두려워서, 감히 나머지 접시들 가격을 첫 번째 접시보다 덜 처주는 모험을 하지는 않았다. 그리하여 모두 다 똑같은 가격으로 값을 쳐주었다. 알라딘은 마지막 접시를 판 돈까지 바닥이 나자, 접시들이 담겨 있던 커다란 쟁반을 팔기로 했다. 이것 하나만 해도 무게가 접시 하나보다 열 배는 더 나갔다. 알라딘은 언제나처럼 이를 유태인에게 가져가 팔려고 했지만, 너무 무거워서 가지고 갈 수가 없었다. 그리하여 유태인을 집으로 불러 갖고 가게 해야겠다고 생각했다. 유태인은 쟁반을 잘 살펴본 뒤 그 자리에서 금화 열 냥을 치렀고, 알라딘은 이 금액에 만족했다.

　금화 열 냥은 그날그날의 생활비로 사용되었다. 그렇게 알라딘은 무위도식에 익숙해져 가고 있었다. 그는 아프리카 마법사와의 그 일 이후 또래 아이들과 가급적 놀지 않으려고 했다. 안면을 익힌 사람들과 함께 산책하거나 같이 어울려 다니며 하루하루를 보냈고, 때로는 거상의 가게에 들러 이런저런 사람들이 나누는 얘기를 귀동냥으로 듣기도 했다. 가게에는 약속차 들른 사람들도 있었는데, 그들이 나누는 얘기들을 조금씩 귀담아들으면서 피상적으로나마 세상 물정을 알게 됐다.

✝ 알라딘과 요술램프 ✝

알라딘은 금화 열 냥을 다 쓰자 램프의 정령을 불러냈다. 램프를 손에 든 알라딘은 어머니가 만졌던 그 부분을 찾아보았다. 램프에 모래가 남아 있다는 생각에 알라딘은 어머니처럼 그 부분을 문질렀다. 그러자 이전과 같은 램프의 정령이 나타났다. 하지만 어머니보다 가볍게 문질렀기 때문에, 램프의 정령은 이전과 똑같은 말을 한결 부드러운 어조로 말했다. "그대가 원하는 건 무엇인가? 손에 램프를 든 모든 이들과 그대의 노예로서, 램프의 다른 노예들과 함께 나는 그대의 명령에 복종할 준비가 되어 있다."

알라딘은 말했다. "나는 배가 고프다. 내게 먹을 것을 가져오라." 램프의 정령은 잠시 모습을 감추었다가 얼마 후 다시 나타나 지난번처럼 식탁을 차려 왔다. 그리고 이를 소파에 놓고 잠시 뒤 사라졌다.

램프의 정령을 부르겠다는 아들의 계획을 들은 어머니는 그 시간을 피해 일부러 집밖으로 나가 몇 가지 볼일을 보았다. 얼마 후 돌아온 어머니는 한껏 차려진 식탁을 보았고, 지난번과 마찬가지로 램프가 부려 놓은 놀라운 조화에 어안이 벙벙해졌다. 알라딘과 어머니는 식탁에 자리 잡고 앉았다. 식사를 마친 후에도 이틀은 더 넉넉히 먹을 음식이 남아 있었다.

집 안에 빵도, 음식도, 그리고 돈도 남지 않게 되자, 알라딘은 은접시 하나를 가지고 예의 그 유태인을 찾아가서 팔려고 생각했다. 가는 길에 어느 금은세공사의 가게 앞을 지나게 되었는데, 그는 존경할 만한 노련한 나이에 정직하고 올바른 사람이었다. 세공사는 가게 앞을 지나가던 알라딘을 보고 안으로 불러들였다. 그리고 이렇게 말했다. "이보게, 자네가 이 앞을 지나는 걸 여러 번 보았는데, 지금처럼 그렇게 뭘 들고 가서는 어떤 유태인을 만난 뒤에는 아무것도 들지 않은 채 다시 지나가더군. 내 생각에는 자네가 들고 있던 무언가를 그 유태인에게 팔고 오는 모양인데 그가 사기꾼인 걸 모르는 것 같아서 말이야. 그 사람은 유태인 중에서도 아주 고약한 사기꾼이야. 모르는 사람이면 몰라도 아는 사람은 절대 그 작자하고 상종을 안 한다네. 이건 다 자네를 위해서 하는 말일세. 지금 가지고 가는 물건을 좀 보여 주지 않겠나? 만일 그걸 팔 생각이라면, 내 맘에 들 경우 제대로 된 가격으로 정직하게 값을 치러 줌세. 아니면 자네를 속이지 않을 만한 정직한 상인을 소개해 주고."

알라딘은 돈을 더 많이 벌고 싶은 생각에 외투 속에서 접시를 꺼내어 세공사에게 보여 주었다. 접시가 순은임을 안 노인은 이것과 비슷한 것도 유태인에게 팔았는지 물어보고, 얼마를 받았는지도 물어봤다. 순진한 알라딘은 그런 접시를 한 개당 금화 한 냥씩 받고 열두 개나 팔았다고 순순히 이야기했다. 그러자 세공사가 소리쳤다. "이런 도둑놈 같으니라고! 이보게, 젊은이. 역시나 그랬군그래. 그 빌어먹을 사기꾼 놈을 더는 생각도 하지 말게. 우리 가게에서 쓰는 최고급 은접시의 실제 가격을 알고 나면, 그놈이 자네에게 얼마나 많이 떼먹은 건지 알게 될걸세."

세공사는 저울에다 접시의 무게를 달았다. 1마르크 단위의 은이 어느 정도 가격인지 설명해주고, 그 하위 구분에 대해서도 찬찬히 알려 주고는 이 정도 접시의 무게라면 금화 72냥 정도의 값어치라고 짚어 주며, 그 자리에서 값을 치러 주었다. 그리고 이렇게 말했다. "이것 보게나. 자네가 가진 접시의 원래 값어치는 이 정도라네. 혹 내 말이 믿기지 않으면, 자네 마음에 드는 다른 세공사에게 가서 물어보게. 만일 다른 세공사가 이보다 더 높은 값을 부르면, 내가 자네에게 그 두 배를 지불하겠네. 우리는 사들이는 은제품의 세공방식으로만 돈을 버는 사람들일세. 유태인은 우리랑 경우가 달라. 유태인들은 아무리 정직한 사람이라도 그렇게는 안 하지."

알라딘은 세공사에게 연신 감사의 인사를 전했다. 자신에게 베풀어 준 친절에 대해서도, 그렇게 높은 이득을 남겨 준 것에 대해서도 그저 감사할 따름이었다. 이후로도 알라딘은 이 나이 지긋한 세공사에게만 남은 은접시와 은쟁반을 팔았다. 세공사는 늘 제품의 무게에 비례하여 제값을 치러 주었다. 알라딘과 어머니에게 있어 램프는 돈을 가져다주는 마르지 않는 샘과 같았다. 돈이 떨어지는 즉시 두 사람이 원하면 곧 돈을 가져다주었기 때문이다. 하지만 두 사람은 여전히 전과 같이 검소하게 살았다.

보잘것없는 살림살이에 필요한 약간의 편의 용품을 마련하거나 소박하게 생계를 꾸려가는 데 쓰일 돈만 따로 떼어 두는 정도였다. 알라딘의 어머니도 무명실을 뽑아서 받는 돈으로만 생활비를 마련했다. 이토록 검소하게 살았기에, 세공사에게서 은접시와 은쟁반을 판 돈으로 두 사람이 얼마나 오랫동안 지낼 수 있었을지는 쉽게 짐작하고도 남는다. 알라딘과 어머니는 이따금씩 램프의 도움을 받아 이를 잘 활용하면서 몇 년간을 그런 식으로 살아갔다.

그러는 동안, 알라딘은 상류층 사람들의 모임에 열심히 얼굴을 비추었다. 크고 으리으리한 금실 은실 직물 가게나 비단 가게, 최상급 포목점, 보석 가게 등지에서 모이는 상류층 사람들의 대화에 간혹 끼어들기도 하면서 이런저런 가르침도 얻고 자기도 모르는 사이에 사교계의 매너도 모두 익히게 되었다.

특히 보석 가게에서 자신이 램프를 가지러 갔다가 딴 형형색색의 과일들이 단순히 유리 제품이 아니라 진귀한 보석이라는 사실도 알게 됐다. 아울러 보석상들의 가게에서 이 같은 보석들을 워낙 많이 보다 보니, 보석에 대한 지식과 가격을 알게 됐다. 그 어떤 보석 가게에서도 자기 것처럼 아름답고 큰 보석은 찾아볼 수 없었다. 따라서 자신이 그저 보잘것없는 유리 나부랭이를 가진 것이 아니라, 가치를 측정할 수 없을 만큼 엄청난 보물을 갖고 있다는 사실을 깨달았다. 하지만 알라딘은 이 사실을 누구에게도 발설하지 않는 신중함을 보였다. 심지어 어머니에게조차 아무 말도 하지 않았다. 뒤에 가면 알겠지만, 이 같은 침묵 덕분에 알라딘은 엄청난 행운을 얻는다.

어느 날, 알라딘은 도성 안 어떤 동네를 산책하다가 술탄의 명령을 발표하는 큰 목소리를 들었다. 술탄의 딸인 바드룰부두르 공주❖가 목욕을 하러 그곳을 지나갔다가 되돌아갈 때까지 가게 문과 집안 대문을 닫고 다들 집에서 나오지 말라는 것이었다.

알라딘은 사방에서 울려 퍼지는 이 명령을 듣자 공주의 맨얼굴을 보고 싶은 호기심이 발동했다. 하지만 그러자면 아는 몇몇 집에 가서 몰래 숨어 덧창 틈새로 보는 수밖에 없었는데, 그 정도로 만족할 수는 없었다. 공주는 관행에 따라 얼굴을 베일로 가리고 있을 게 뻔했기 때문이다. 그리하여 알라딘은 만족스럽게 공주를 훔쳐볼 묘안을 생각해 냈고, 결국 이 방법은 성공을 거두었다. 그건 바로 목욕탕 문 뒤에 숨는 것이었다. 목욕탕 문은 정면에서 공주를 볼 수 있는 위치에 있었다.

알라딘이 기다린 지 얼마 지나지 않아 공주가 모습을 드러냈다. 알라딘은 들키지 않은 채 꽤 커다란 틈새를 통해 공주를 엿볼 수 있었다. 공주의 양옆과 뒤로는 엄청나게 많은 시녀와 환관들이 바짝 붙어 수행하고 있었다. 공주는 목욕탕 문 서너 걸음

❖ 가장 둥글고 큰 보름달을 뜻함.

앞에서 얼굴을 덮고 있던 거추장스러운 베일을 벗었다. 그렇게 해서 알라딘은 공주의 맨얼굴을 볼 수 있었고, 공주가 정면으로 다가왔기 때문에 더욱 편하게 감상할 수 있었다.

그때까지만 해도 알라딘은 어머니 말고 다른 여자들의 맨얼굴을 본 적이 없었다. 게다가 어머니는 나이도 꽤 먹은 데다 그렇게 예쁜 얼굴이 아니었기 때문에, 알라딘은 다른 여자들이라고 어머니보다 더 예쁠 거라고 생각하지 못했다. 물론 세상에는 깜짝 놀랄 정도의 미녀가 있다는 말을 들었을 수는 있지만, 미의 가치를 치켜세우려고 쓰는 몇 마디 말들은 아름다움 그 자체가 만들어 내는 인상을 결코 만들어 낼 수 없다.

알라딘은 바드룰부두르 공주를 보는 순간, 모든 여자들이 자기 어머니와 비슷할 것이란 생각을 버리게 됐다. 공주를 본 이후 남다른 감정을 가지게 되었고, 자신을 매료시킨 공주에 대한 관심을 끊을 수 없었다. 사실 공주는 세상 어디에서도 볼 수 없는 아름다운 구릿빛 피부에, 부리부리한 두 눈은 크고 생기 있게 빛났으며, 감미롭고 수수한 시선을 보내고 있었다. 코는 흠잡을 데 없이 정확한 비율로 얼굴에 자리 잡고 있었으며, 작은 입의 새빨간 입술은 절대 대칭을 이루고 있어 더할 수 없는 매력을 발산했다. 한마디로 공주의 이목구비는 완벽하게 균형이 잡혀 있었다. 따라서 알라딘이 지금껏 본 적 없는, 그토록 화려하게 조합된 얼굴에 눈이 멀어 거의 정신을 잃을 지경이었다고 해도 놀랄 일이 아니다. 이토록 완벽한 외모의 공주는 몸매도 매우 풍만했다. 풍모와 분위기에서도 위엄이 느껴졌기 때문에, 그저 바라보기만 해도 존경심이 우러났다.

공주가 목욕탕 안으로 들어갔을 때, 알라딘은 잠시 온몸이 굳어버린 채로 서 있었다. 그러면서 마음속까지 파고 들어와 자신을 매료시킨 상대에 대한 생각을 계속해서 되뇌었다. 결국 다시 정신을 차린 알라딘은 이미 그곳을 지나간 공주가 목욕을 끝내고 나오는 걸 다시 한 번 보겠다고 기다려 봤자 부질없는 짓이라고 생각했다. 공주는 자신에게서 등을 돌린 채 베일을 두르고 돌아갈 게 뻔했기 때문이다. 그리하여 공주를 다시 볼 생각을 포기하고 그 자리를 떠났다.

집으로 돌아온 알라딘은 마음의 동요와 불안을 숨길 수가 없었다. 그리하여 그런 상태는 그 어머니마저도 알아차렸다. 어머니는 평소와 달리 그토록 슬픈 표정에 얼빠진 모습을 한 알라딘을 보고 놀라움을 금치 못했다. 어머니는 아들에게 무슨 일이 있었던 건지, 아니면 어디가 불편한 건지 물어보았다. 하지만 알라딘은 아무 대답이 없었고, 그저 무심히 소파에 앉아 꼼짝도 않고 멍하니 있을 뿐이었다. 계속해서 바드룰부두르 공주의 매력적인 모습을 되새기느라 정신이 없었기 때문이다. 저녁 준비를 하던 어머니는 아들에게 뭘 좀 먹으라고 닦달하지 않았다. 마침내 알라딘이 먹을 준비가 되었을 때, 어머니는 아들 곁에 상을 차리고 식사를 하기 시작했다. 하지만 아들이 음식에는 전혀 관심이 없자 어머니는 뭣 좀 먹어 보라는 말을 건넸다. 알라딘은 한참을 꾸물대던 끝에 간신히 몇 술 들었지만, 평소보다 훨씬 적게 먹었다. 아들의 두 눈은 여전히 힘없이 내려앉은 상태로, 입은 굳게 닫고 있었기 때문에 어머니는 차마 왜 그렇게 달라졌는지 아무것도 물어볼 수가 없었다.

 식사를 마친 후, 아들이 그토록 울적해하는 이유를 다시 한 번 물어보려 하였으나 결국 아무것도 알 수가 없었고, 알라딘은 시원스레 답을 해주기보다는 그저 침실로 들어가 잠을 청해 보기로 했다.

 바드룰부두르 공주의 미모와 매력에 사로잡힌 알라딘이 전날 밤을 어떻게 보냈는지는 모르겠지만 다음 날, 실을 잣고 있던 어머니 앞의 소파에 앉아 있다가 결국 이 문제에 대해 이야기했다.
"어머니, 어제 도성에 나갔다가 온 뒤로 제가 왜 그렇게 말이 없었는지 말씀드릴게요. 그동안 제가 말이 없어 무척 힘들어하신 거 잘 알아요. 제가 어디 아픈 거라고 생각하시겠지만 아직 아픈 정도까진 아니에요. 하지만 제가 느끼고 있던 것을 말씀드릴 수는 없었어요. 그리고 지금도 계속해서 느끼고 있는 이 느낌은 일개 병보다도 더 안 좋아요. 저도 이 힘겨운 상황이 뭔지 잘 모르고, 제 얘기를 듣는다고 어머니께서 아실 것 같지도 않아요. 이 동네 사람들도, 어머니도 다 모르고 계시겠지만 어제 술탄의 따님이신 바드룰부두르 공주가 점심 식사 후 목욕을 하러 갔어요. 저는 도성 안을 돌아다니다 이 소식을 접했지요. 사람들에게 가게 문을 닫고 집 밖으로 나오지 말라고 명령하더라고요. 공주님에게 예를 차리고, 거리를 텅 비워 두라고 말이에요. 저는 목욕탕에서 멀지 않은 곳에 있었는데, 공주님의 맨얼굴을 보고 싶다는 호기심이 발동하여 목욕탕 문 뒤에 숨었어요. 그러면 공주님이 목욕탕에 들어가시는 순간 베일을 벗으시는 걸 볼 수 있겠다는 생각이 들어서죠. 어머님도 문의 위치를 아실 테니, 제가 예상했던 그 장면을 얼마나 편하게 볼 수 있었는지 아실 거예요. 결국 공주님은 목욕탕에 들어가면서 베일을 벗으셨고, 다행히도 이 사랑스러운 공주님을 세상 그 누구보다 만족할 만큼 볼 수 있었지요. 그래서 집에 돌아온 이후 그렇게 울적해 있다가 지금까지 입을 다문 채 침묵을 지키고 있었던 거예요. 저는 공주님을 사랑해요. 그 마음이 너무나도 격렬해서 차마 어머니께 어떻게 표현해야 할지 모르겠어요. 공주님에 대한 제 뜨거운 감정이 매 순간 너무나도 강렬하게 불타올라, 이 사랑스러운 바드룰부두르 공주님을 손에 넣지 않는 한 결코 만족할 수 없을 것 같아요. 그래서 술탄께 저와 공주님의 결혼을 허락해 달라고 요청하기로 결심했어요."

알라딘의 어머니는 마지막 말까지 침착하게 들어 주었다. 하지만 알라딘의 계획이 공주님께 청혼하는 것임을 안 순간, 폭소를 터뜨리며 아들의 말을 끊을 수밖에 없었다. 알라딘은 이야기를 계속하고 싶었으나, 어머니가 그의 말을 끊으며 말했다. "얘야, 대체 무슨 생각을 하고 있니? 그런 말을 하다니, 제정신이 아닌 게 분명하구나!"

그러자 알라딘이 말했다. "어머니, 저는 아주 멀쩡해요. 제정신이라고 자신 있게 말씀드릴 수 있어요. 어머니께서 미쳤다느니, 쓸데없는 생각을 한다느니 하면서 반박하실 줄 알았어요. 어떤 반응을 보이실지도 알아요. 하지만 상관없어요. 다시 한 번 분명히 말씀드리지만, 술탄께 공주님과의 결혼을 청할 거라는 결심은 변하지 않아요."

그러자 이번에는 어머니가 매우 진지하게 되받았다. "정말이지 네가 완전히 자신을 잊고 있다는 사실을 말하지 않을 수가 없구나. 설령 네가 그 단호한 결심을 실천에 옮기고 싶다 해도, 감히 누가 술탄 앞에 가서 그 같은 요청을 할 수 있을지 의문이다." 이에 알라딘은 망설임 없이 대답했다. "어머니께서 가시면 되죠." 몹시 놀란 기색으로 어머니가 소리쳤다. "뭐라고? 내가 간다고? 나더러 술탄에게 가서 청을 드리라고? 나는 그런 무모한 시도를 하진 않을 거다! 대체 너는 무슨 생각으로 감히 술탄의 따님을 마음에 두는 게냐? 네가 도성에서 가장 신분이 낮은 재단사의 아들이란 사실을 잊었어? 네 이미도 그보다 지체 높은 가문에서 태어난 게 아니거늘, 어찌 그런 생각을 해? 술탄들은 다른 술탄의 아들일망정 술탄 자리에 오를 가망이 없다면 자기 딸을 내주지 않는다는 걸 알기나 하냐?" 그러자 알라딘이 반박했다. "조금 전에도 말씀드렸다시피, 어머니께서 무슨 말씀을 하실지는 이미 예상했어요. 앞으로 무슨 말씀을 하실지도 다 알고요. 어머니께서 무슨 말씀을 하시고 어떤 훈계를 늘어놓으시든 제 생각은 달라지지 않아요. 말씀드린 대로 어머니를 통해서 공주님을 제 신부로 맞이하게 해 달라고 할 거예요. 부디 제 부탁을 들어주세요. 원컨대 제 청을 거절하지 마세요. 제가 죽는 꼴을 보고 싶지 않으시다면, 새로운 인생을 살 수 있도록 도와주세요." 알라딘의 어머니는 상식적으로 말도 안 되는 계획에 고집스레 매달리는 아들의 모습에 적잖이 당황했다. 그리하여 아들에게 말했다. "얘야, 나는 네 어미다. 너를 낳은 어미로서, 아들 녀석의 사랑을 이루기 위해 무엇이든 할 만반의 준비가 되어 있는 건 너무나도 지당하단다. 우리 이웃의 여식이나 우리와 형편이 비슷한 집안에서 태어난 딸내미와 결혼하겠다면, 솔직히 내가 할 수 있는 모든 걸 다 해주겠다고 몇 번이고 다짐했지. 그런 여염집 처자와의 결혼이라 해도 어느 정도 재산이나 수입이 있어야 하는 건 당연지사고, 네가 직업이라도 갖고 있어야 해. 우리처럼 가난한 사람들이 결혼을 원할 때 첫 번째로 생각하는 건 바로 먹고살 수 있느냐 하는 문제란다. 하지만 낮은 신분과 가진 재산이 별로 없다는 것, 그리고 신랑감으로서 별 매력이 없는 건

차치하고라도, 너는 꿈을 너무 크게 꾸었어. 세상에 군주의 따님께 청혼하겠다는 말도 안 되는 생각을 하다니, 내동댕이쳐져 짓밟힐 소리지. 사람들 시선은 둘째 치고, 지금 네 상태가 제정신이라면 생각을 좀 해보렴. 그리고 나한테 한다는 그 부탁도 그래. 내가 술탄께 가서 공주님을 너와 결혼시켜 달라고 부탁했으면 좋겠다니, 어떻게 그런 말도 안 되는 생각을 할 수 있는 게냐? 그렇게 터무니없는 부탁을 드리려면, 용기가 아니라 뻔뻔함을 가져야 할 것 같구나. 내가 대체 누구한테 가서 궁 안으로 들여보내 달라고 말해야 하는 거냐? 이 얘기를 처음 들은 사람이 나를 미친년 취급하며 아주 무참히 내쫓을 것 같지 않니? 설령 별문제없이 술탄을 알현하게 되었다고 치자. 사람들이 술탄의 판결을 기다리며 알현을 청했을 때, 신하들이 이를 원한다고 해서 술탄이 신하들에게 맡겨 버리는 경우는 없다는 것도 안다. 또 사람들이 폐하의 선처를 구하고자 알현을 청했을 때, 응당 그럴 만한 사람이라면 기꺼이 받아들여 주신다는 것도 안다. 하지만 네 녀석은 술탄에게 판결을 내려 달라는 것도 아니고, 나를 중간에 이용해서 폐하의 선처를 구할 만한 상황인 것도 아니지 않느냐? 네게 그럴 자격이나 있더냐? 네가 군주나 나라를 위해 한 게 뭐가 있으며, 남보다 뛰어난 게 뭐가 있느냐? 그렇게 어마어마한 부탁을 드리는 이 마당에 그럴 만한 자격조차 없다면, 도대체 무슨 면목으로 폐하께 그런 자비를 베풀어 달라고 말씀드릴 수 있

† 알라딘과 요술램프 †

겠느냐? 내가 술탄 앞에 가서 어떻게 그런 부탁을 드리겠다고 입을 열 수 있겠어? 근엄한 술탄의 자태와 궁정의 화려함만 봐도 곧 말문이 막힐 텐데, 나는 고인이 된 네 아버지에게 아주 사소한 일이라도 부탁할라치면 오들오들 떨었는데, 그런 내가 어떻게 술탄 앞에 가서 청을 드릴 수 있겠느냐? 게다가 아들아, 그것 말고도 네가 생각지 못한 또 다른 이유가 있단다. 술탄에게 호의를 베풀어 달라고 부탁드리러 가면서 선물 하나 안 들고 찾아뵙는 경우가 어디 있더냐? 그나마 선물이라도 들고 가면 이런저런 이유로 청을 거절하시더라도 그나마 역정은 내지 않고 귀라도 기울이시겠지만, 너는 술탄께 드릴 선물이라도 있는 게냐? 저 지체 높으신 분의 사소한 관심이라도 끌 만한 무언가가 있다 한들, 그게 네가 드리려는 부탁에 걸맞을 만큼 대단한 선물이라도 되느냔 말이다. 제발 정신 좀 차리고 지금 암만 노력해도 결코 이룰 수 없는 소원을 바라고 있다는 점을 자각하려무나."

알라딘은 자신의 계획을 무산시키고자 어머니가 안간힘을 쓰며 하는 말씀을 아무 말 없이 듣고만 있었다. 그리고 어머니가 지적한 모든 사항들을 깊이 생각해 본 끝에 입을 열었다. "어머니, 감히 그렇게 어마어마한 요구를 생각한다는 게 무척 경솔한 일이라는 건 인정해요. 술탄을 알현하여 환대받을 만한 적절한 수단도 없이 무턱대고 공주와의 혼인을 부탁드려 달라고 갑작스레 떼를 쓰는 게 얼마나 분별없는 행동인지도 알고요. 그 점에 대해서는 죄송하게 생각해요. 하지만 공주님에 대한 제 마음이 너무나도 뜨겁고 강렬하기 때문에, 어떻게 하면 그런 제 마음을 진정시킬 수 있을지 따위는 안중에도 없어요. 저는 어머니께서 상상하시는 것 이상으로 공주님을 사랑해요. 거의 동경에 가까운 감정인지도 몰라요. 공주님과 결혼하겠다는 계획을 끝까지 밀고 나갈 작정이에요. 이에 대한 제 생각은 단호하고 분명해요. 어머니께서 조금 전에 말씀하셨던 방법으로 시작할 수밖에 없을 것 같아요. 이건 제 계획을 성공시키기 위한 첫 번째 단계라고 생각해요. 손에 선물 하나 쥐지 않고 술탄을 알현하는 건 예의가 아니라고 말씀하셨죠. 그리고 제게 술탄께 드릴 만한 변변한 무언가가 없다고도 하셨고요. 우선 선물에 관한 부분은 저도 어머니와 같은 생각이에요. 사실 이 부분은 생각하지 못했어요. 하지만 술탄께 선물로 드릴 만한 게 아무것도 없다는 말씀에는 동의하지 않아요. 제가 가까스로 죽음에서 모면하여 살아 돌아오던 날, 가져왔던 그 물건들이 술탄께 드릴 만한 최적의 선물이라고 생각지 않으세요? 제 허리춤과 돈주머니에 가득 담아 왔던 것 말이에요. 그때 어머니와 저는 이걸 단순히 색깔 있는 돌쯤으로 생각했지요. 하지만 그게 아니란 걸 알았어요. 그 돌들은 값을 매길 수 없을 만큼 어마어마한 보석이라고요. 나라님들 말고는 어울리는 사람도 없는 그런 물건들이에요. 저도 보석 가게를 자주 드나들다가 이 돌들의 가치를 알게 됐어요. 그러니 제 말씀을 믿으셔도 돼요. 보석상들의 가게에서 봤던 것들은 모두 크기나 아름다움에 있어서 우리가 갖고 있는 보석들과 비교도 안 돼요. 하지만 보석상들은 그것들조차 어마어마한 가격에 팔았다고요. 사실 어머니도 저도 이 보석들의 값을 몰라요. 어찌됐든 그간 얼마 안 되는 경험으로 미루어 봤을 때, 이 선물이 술탄께 매우 적절한 선물인 건 확실해요. 이 보석들을 담을 만한 크고 깨끗한 도자기 단지를 하나 가져와 보세요. 서로 다른 보석을 색깔 별로 가지런히 늘어놓고, 얼마나 훌륭한지 한 번 지켜봐요."

어머니는 도자기 단지를 가져왔다. 알라딘은 주머니에 담아 두었던 보석들을 꺼내 단지 안에 가지런히 담았다. 훤한 대낮에 형형색색으로 반짝이는 화려한 보석들의 조화에 거의 눈을 뜰 수 없을 지경이었다. 두 사람은 놀라움을 금치 못했다. 지금까지는 오로지 램프 불빛에 의존해서만 보석들을 하나하나씩 봤기 때문이다. 사실 알라딘은 나무 위에 과일처럼 매달려 매력적인 장면을 연출했던 보석들을 봤지만 그 당시에는 아직 어렸기 때문에 그저 장난감 보석으로만 여겼었다. 그리고 보석에 대한 다른 지식 없이 다만 그 같은 관점에서 챙겨 온 것이었다.

술탄께 바칠 선물의 아름다움에 잠시 감탄하고 난 뒤, 알라딘이 말했다. "어머니, 선물 하나 없다는 이유로 술탄을 알현하지 못한다는 핑계는 이제 말이 안 돼요. 제가 보기엔 이 선물로 충분히 어머니께서 환대를 받으실 수 있을 것 같아요."

화려하고 아름다운 선물이긴 했지만, 어머니는 아들의 말처럼 이 선물이 그렇게 값진 것이라고는 생각하지 않았다. 그래도 궁에서 이 선물을 받아 주리라고는 생각했고, 이 부분에 대해서는 뭐라고 반박할 말이 없었다. 하지만 어머니는 아들의 바람대로 이 선물을 이용하여 술탄에게 해야 할 부탁에 관한 문제로 되돌아왔다. 이 때문에 여전히 걱정이 태산이었기 때문이다. "이 선물이 제 역할을 해서 술탄께서 나를 호의적으로 바라볼 것 같긴 하다. 하지만 네가 부탁한 청을 술탄께 드릴 때, 용기를 내지 못하고 그저 꿀 먹은 벙어리처럼 있을 것만 같구나. 그리하여 괜히 헛걸음치고 그토록 값비싸다는 이 선물도 잃은 채, 혼란스러운 상황에서 네 바람이 좌절됐다는 소식을 전하게 될 거야. 이미 말했듯이, 일이 이렇게 될 거라는 걸 염두에 두어야 한다." 그리고 이렇게 덧붙였다. "하지만 한번 꾹 참고 용기를 내어 네 부탁을 들어줄 생각은 있다. 술탄께서 나를 비웃으며 미친 여자 취급하시거나, 심히 노하셔서 우리에게 벌을 내리실 게 분명하지만 말이야."

어머니는 아들의 생각을 바꿔 놓으려고 다른 여러 이유를 말했지만, 바드룰부두르 공주의 매력은 알라딘의 마음속에 매우 강한 인상을 남겼기 때문에 그 무엇으로도 그의 계획을 바꿔 놓을 수가 없었다. 알라딘은 계속해서 어머니에게 계획을 실행해 달라고 고집을 부렸다. 알라딘의 어머니는 자식에 대한 어머니의 마음으로서든, 아들이 극단적으로 망가질 것에 대한 우려에서든, 결국 내키지 않는 마음을 접고 알라딘의 뜻에 따르기로 하였다.

때가 늦은 데다 그날 술탄을 알현하러 궁에 갈 시간이 지났으므로, 거사는 다음 날로 미뤄졌다. 알라딘 모자는 이후로도 줄곧 같은 이야기를 나누었다. 알라딘은 머릿속에 든 모든 생각을 어머니께 불어넣고자 노력하며 술탄 알현 계획에 더 확신을 갖기를 원했다. 하지만 아들이 숱한 이유를 늘어놓아도, 어머니는 이 일이 성공하리라는 확신을 가질 수가 없었다. 사실 알라딘의 어머니가 이러는 것도 무리는 아니었다. 어머니가 말했다. "애야, 만일 네 바람대로 술탄께서 나를 호의적으로 맞아 주시고, 또 네 말대로 청혼 요청에 귀를 기울여 주신다 하더라도, 그렇게 따뜻한 환대 후에 내게 이 많은 재산과 재물이 어디에서 났으며, 네 나라는 어디냐고 하문하실 수도 있지 않겠니? 술탄께서는 네 성품보다도 일단 그런 것들을 먼저 물어보실 텐데, 만일 이런 질문을 받으면 뭐라고 답해야 하는 게냐?"

알라딘이 대답했다. "어머니, 아직 일어나지도 않은 일에 지레 겁먹을 필요 없어요. 먼저 술탄께서 어머니를 어떻게 맞으실지, 또 어떤 반응을 보여 주실지만 생각하세요. 만일 어머니가 염려하시는 그런 질문들을 하문하시면, 그때 가서 답변을 생각해 보죠. 저는 램프를 믿어요. 지난 몇 년간 우리가 살아갈 수 있도록 도와줬잖아요? 이번에도 램프는 틀림없이 내 바람을 이뤄 줄 거예요."

알라딘의 어머니는 아들의 말에 반박할 수가 없었다. 생각해 보니 그 램프는 지금껏 단순히 생계유지를 시켜 준 것보다 더 엄청난 요술을 부릴 수 있을 것 같았다. 어머니는 램프의 존재에 안심했고, 이와 더불어 술탄을 찾아가 청혼드려 보겠다고 아들에게 한 약속에 대해서는 재고의 여지가 없었다. 어머니의 생각을 꿰뚫어 본 알라딘이 말했다. "어머니, 어쨌든 비밀을 지켜야 한다는 사실은 명심하셔야 해요. 이번 일의 성공은 바로 여기에 달려 있어요." 알라딘과 그 어머니는 각자 방으로 가서 약간의 휴식을 취했다. 하지만 알라딘은 뜨거운 사랑의 불길에 시달리고 있는 데다 머릿속은 온통 엄청난 행운을 거머쥘 계획들로 가득 차서 소원대로 그리 평온한 밤을 보내지는 못했다. 알라딘은 동이 트기도 전에 일어나서 곧바로 어머니를 깨웠다. 그리고 어머니에게 가능한 한 빨리 옷을 입으라고 재촉했다. 궁궐 문은 술탄이 행차하는 어전 회의에 참석하기 위해 총리대신과 대신들, 그 외 모든 중신들이 궐 안으로 들어갈 때에 열리는데, 이때 궁궐 정문으로 가서 안으로 들어가야 하기 때문이다.

알라딘의 어머니는 아들이 원하는 모든 걸 다 해주었다. 도자기 단지에는 선물로 드릴 보석들을 담아 천으로 두 번 감쌌다. 하나는 매우 깨끗하고 고급스러운 천이었고, 다른 하나는 그보다 덜 고급스러운 천이었다. 어머니는 이것을 네 귀로 잡아 묶어서 들고 가기 편하게 만들었다. 결국 어머니는 선물을 챙겨 들고 집을 나서 술탄의 궁으로 향했고, 알라딘은 이를 매우 흡족해했다. 궁궐 문 앞에 도착했을 때, 대신들을 거느린 총리대신과 그 외 최고위급 궁정 귀족들은 이미 궁 안에 들어간 뒤였다. 어전 회의에 용무가 있는 사람들의 무리는 꽤 많았다. 이윽고 문이 열리고, 이 사람들과 함께 알라딘의 어머니 또한 어전 회의실까지 들어갔다. 회의실은 매우 아름다웠다. 내부는 깊고 넓었으며, 입구는 크고 장대했다. 알라딘의 어머니는 걸음을 멈추고 술탄의 맞은편에 자리를 잡았다. 회의실 양 옆으로는 총리대신과 귀족들이 착석해 있었다. 청원이 제출된 순서대로 당사자들이 하나하나 호명되었고, 각각의 안건들은 보고, 변론, 판결 등의 절차를 거치며 처리되었으며 이는 보통 어전 회의가 끝날 때까지 계속되었다. 회의가 끝나자 술탄이 자리에서 일어나 심의회를 해산하고 처소로 돌아갔다. 그 뒤를 따르는 사람은 총리대신이었고, 다른 대신들과 심의회 각료들은 다들 물러갔다. 각자 용무로 그곳에 들었던 사람들도 자리를 떴고, 어떤 사람은 소송에서 이득을 챙겨 흡족해한 반면, 어떤 사람은 재판 결과에 불만족스러워하기도 했으며, 다음 번 회기 때 판결을 기다리는 사람들도 있었다.

술탄이 자리에서 일어나 물러가는 것을 본 알라딘의 어머니는 그날 술탄이 더는 자리에 모습을 나타내지 않을 것이라고 생각했다. 모두들 자리를 떠났기 때문이다. 그리하여 집으로 그냥 돌아가기로 결심했다. 알라딘은 선물을 그대로 가지고 되돌아온 어머니를 보고 일단 성공했을 것이라고는 생각하지 않았다. 알라딘은 어머니가 재앙과도 같은 소식을 들고 왔을까 불안해서 물어볼 용기가 나지 않았다. 술탄의 궁에 발 한 번 들여놓은 적이 없고, 평소 그 안에서 무슨 일이 벌어지는지 전혀 모르던 평범한 이 어머니가 천진난만한 말로 아들을 혼란 속에서 건져 주었다. "애야, 내가 술탄을 봤단다. 술탄께서도 분명 나를 봤다. 내가 바로 앞에 있었고, 내 앞을 가로막는 사람이 아무도 없었어. 하지만 술탄께서는 양옆에서 이야기를 쏟아 대는 사람들 때문에 무척 바쁘셨어. 힘든데도 끈기 있게 사람들 말을 들어 주는 모습에서 연민마저 느껴지더구나. 회의는 꽤 오래 지속됐고, 마지막에는 술탄께서도 지루하신 듯 보이더구나. 예기치 못한 순간에 자리에서 일어나서 갑작스럽게 자리를 뜨셨으니까. 술탄께 고하려고 차례를 기다리며 줄을 선 사람들이 얼마나 많이 남았는지는 들으려고도 않더라고. 그래도 술탄이 자리를 떠주셔서 나는 꽤 기뻤단다. 사실 너무 오래 서 있어서 피로가 심하게 몰려온 탓에, 인내심의 한계가 느껴지기 시작했거든. 하지만 절대 일을 망치거나 하지는 않았단다. 내일 틀림없이 다시 가보마. 아마 술탄께서도 그렇게 바쁘지는 않으실 거야."

 사랑에 빠진 알라딘은 어머니가 말씀하는 이 정도 사유에 만족하고 인내심을 다져야 했다. 그래도 어머니가 가장 힘든 한 걸음을 내딛었다는 것은 만족스러웠다. 술탄의 시선을 견디고, 술탄을 알현하며 자기 얘기를 고하는 다른 사람들처럼 그녀 또한 적절한 때가 되면 맡은 바 임무를 주저 없이 수행할 수 있게 되었기 때문이다.

다음 날, 알라딘의 어머니는 전날과 마찬가지로 아침 일찍 술탄의 궁으로 향했다. 술탄에게 바칠 선물도 빠짐없이 들고 갔으나, 회의실 문이 굳게 닫혀 있어서 그만 헛걸음이 되고 말았다. 심의회가 이틀에 한 번 꼴로밖에 열리지 않았던 것이다. 그리하여 알라딘의 어머니는 다음 날 다시 가야 했다. 어머니가 이 같은 소식을 들고 왔기 때문에 알라딘은 다시 한 번 인내심을 발휘할 수밖에 없었다. 그 뒤로도 회의가 열리는 날마다 여섯 번을 더 술탄의 궁으로 향하여 술탄 앞에 자리 잡고 앉았으나, 결과는 첫 번째 방문 때와 같았다. 아마 백 번을 가더라도 마찬가지였을 것이다. 술탄이 매일같이 회의 때마다 자기 앞에 모습을 보이는 이 여인에게 아무런 관심을 갖지 않았다면 말이다. 하지만 모두들 자기 차례가 되면 술탄 앞에 다가가 얘기하기에 바빴는데, 알라딘의 어머니만은 그러지 않았기에 술탄의 관심은 더욱 그녀에게 향했다.

결국 어느 날, 회의가 끝난 뒤 처소로 돌아간 술탄이 총리대신에게 말했다. "얼마 전부터 매일같이 회의에 정기적으로 참석

하는 어떤 여인이 눈에 띄는데, 그녀는 천으로 감싼 무언가를 들고 있었느니라. 여인은 회의를 시작해서 끝낼 때까지 계속해서 내 앞에 서 있던데, 무엇을 원하는지 그대는 알고 있는가?"

문제의 여인에 대해서는 총리대신 또한 술탄만큼이나 아는 게 없었다. 하지만 말문이 막힌 모습을 보이고 싶지는 않았다. 그리하여 술탄에게 대답했다. "폐하, 여인들이란 대개 아무것도 아닌 일로 불평을 늘어놓는 법입니다. 이 여인도 분명 누군가 자기에게 질 나쁜 밀가루를 팔았다거나 누군가 잘못해서 사소한 피해를 입은 문제 때문에 하소연을 하러 온 게 분명합니다." 하지만 술탄은 답변에 만족하지 않았다. "다음번 회의에 또다시 이 여인이 찾아온다면, 여인의 말을 들어볼 테니 잊지 말고 불러들이라." 총리대신은 자신의 손에 입맞춤을 한 뒤 머리 위로 들어 올리며 술탄의 명에 응했다. 이는 곧 술탄의 명령을 이행하지 않았을 시, 자기 손을 잃을 준비가 되어 있다는 표시였다.

알라딘의 어머니는 이미 어전 회의실에 가서 술탄 앞에 서는 것이 꽤 익숙한 습관이 되었고, 그러한 노고가 아무것도 아니라고 생각했다. 그리하여 이 모든 거사가 자신에게 달려 있음을 결코 잊지 않았다고 아들에게 인식시켜 주면서 비위를 맞출 정도였다. 따라서 심의회가 열리던 그날도 어김없이 궁으로 향하여 회의실에서 평소와 마찬가지로 술탄 맞은편에 자리를 잡았다.

술탄이 알라딘의 어머니를 알아봤을 때, 총리대신은 아직 아무런 보고도 시작하지 않은 상태였다. 술탄은 그동안 지켜봐 온 그녀의 기나긴 인내심에 감명을 받아 총리대신에게 말했다. "오늘 일정을 시작하기 전에 그대가 잊어버리지는 않을까 저어되어 말하건대, 일전에 말한 그 여인이 저기 있네. 저 여인을 가까이 오게 하여 사연부터 들어보고 문제를 처리해 주도록 하세나." 총리대신은 곧바로 명령을 이행할 태세인 시종장에게 여인을 가리키며 앞으로 데리고 나오라고 명했다.

알라딘의 어머니는 따라오라는 몸짓을 하는 시종장을 쫓아 술탄의 왕좌 밑에까지 당도했다. 알라딘의 어머니는 총리대신 가까이에 자리를 잡았다.

알라딘의 어머니는 그동안 술탄에게 자신들의 사연을 전하는 수많은 사람들의 전례를 봐 왔기에, 옥좌 계단을 덮은 융단에 머리를 조아린 채 술탄이 고개를 들라고 하명할 때까지 있었다. 이에 알라딘의 어머니가 고개를 들자 술탄이 말했다. "여인이여, 이곳 회의실에서 그대를 본 지 꽤 오래되었거늘, 회의가 시작되는 순간부터 끝날 때까지 입구에 그대로 있다 돌아가곤 하니, 대관절 무슨 일로 이곳을 찾았는가?"

알라딘의 어머니는 술탄의 말에 다시 한 번 고개를 조아렸다. 그리고 고개를 들어 말했다. "세상 모든 군주들 가운데 가장 으뜸이신 폐하, 지엄하신 옥좌 앞에 제가 이렇게 모습을 보이며 믿기 힘들 만치 놀라운 사연을 폐하께 아뢰옵기 전에, 먼저 후안무

치까지는 아니라도 무모한 청을 드리게 되었음을 부디 용서하여 주시옵소서. 이는 뭇사람들이 흔히 드리는 청과는 조금 차원이 다른지라, 폐하께 아뢰옵기가 떨리는 한편, 부끄럽기까지 하옵니다." 술탄은 알라딘의 어머니가 자유롭게 사연을 이야기할 수 있도록 회의실에 총리대신만을 남겨 두고 모두를 나가게 했다. 그리하여 알라딘의 어머니에게 이제는 기탄없이 자신의 생각을 밝힐 수 있을 것이라고 이야기했다.

이렇듯 술탄이 호의를 보였으나, 알라딘의 어머니는 여기에 만족하지 않았다. 그녀는 술탄이 생각지도 못한 청을 듣고 역정을 내실까 봐 두려워서 여전히 방어막이 더 필요했다. 알라딘의 어머니는 계속해서 말을 이었다.

"폐하, 다시 한 번 감히 애원하건대, 제가 폐하께 드리는 부탁이 조금이나마 무례하거나 모욕적일지라도, 부디 저를 용서하시고 자비를 베풀어 주소서."

"무슨 사연이 됐든, 지금으로서는 내 그대를 용서할 것이며, 최소한의 해도 가지 않을 것이니라. 그러니 기탄없이 말해 보아라."

알라딘의 어머니는 그토록 미묘한 부탁을 드려 술탄의 노여움을 살까 두려웠던 고로, 이토록 단단히 주의를 기울인 후, 아들의 사연을 이야기했다. 알라딘이 바드룰부두르 공주를 보게 된 일과 이 운명적인 만남 이후 불같은 사랑에 빠진 일, 아들이 자신에게 말했던 결심과 술탄에게나 공주님에게나 더없이 모욕적일 이 뜨거운 사랑을 단념시키려고 자신이 아들에게 했던 모든 노력에 대해 말했다. 알라딘의 어머니는 계속해서 고했다.
"하지만 제 아들놈은 그 대담함을 좋은 데 쓸 생각은 안 하고 자신의 무모함에 대해 인식하지 못한 채, 계속해서 여기에 집착하였습니다. 결국 제가 만일 폐하께 공주님과의 결혼을 허락해 달라고 간청드리지 않는다면 사고를 치며 엇나가겠다고 협박했습니다. 제가 어쩔 수 없이 이렇게 청을 드리러 온 것도 아들 녀석이 길길이 뛰며 난리를 피웠기 때문입니다. 다시 한 번 원컨대, 그토록 지체 높으신 공주님과의 결혼을 바라는 무모한 생각을 한 것에 대해, 제 아들놈과 제 무례를 부디 용서하여 주십시오."

술탄은 무척 다정하고도 친절하게 이 모든 이야기를 들어 주었다. 중간에 노여워하거나 화를 내는 일도 없었고, 이 같은 청을 농담으로 여기지도 않았다.

하지만 이 선량한 여인에게 답변을 하기 전, 보자기에 싸서 가져온 것이 무엇이냐고 하문했다. 알라딘의 어머니는 도자기 단지를 집어 왕의 발밑에 놓은 뒤 보자기를 벗겨 고개를 조아리며 내밀었다.

술탄은 도자기 단지 안에 가득 담긴 보석을 보고 뭐라 표현할 수 없을 정도로 크게 놀라며 아연실색했다. 값진 보석들이 너무나도 많았던 데다, 이것들은 더없이 완벽하고 밝게 빛나고 있었기 때문이다. 크기도 너무 커서 술탄은 지금껏 이렇게 큰 보석을 본 적도 없을 정도였다. 술탄은 잠시 놀라움에 넋을 잃고 미동조차 하지 않았다. 다시 제정신을 차리고 선물을 건네받으며, 기쁨의 탄성을 질렀다. "이 얼마나 아름다운가! 이 얼마나 값진 선물인가!" 술탄은 보석들의 화려함에 감탄하며 하나하나 손으로 만져 본 뒤, 보석들을 각각의 특성에 따라 높이 평가했다. 그리고 총리대신 쪽을 돌아보더니 단지를 보여 주며 말했다. "이것 좀 보게나. 이렇게 완벽하고 값진 건 세상에서 본 적이 없지 않은가?" 총리대신 역시 아름다운 보석에 매료되었다. 이어 술탄이 말했다. "이 선물을 어떻게 생각하는가? 이 선물이 내 딸아이에게 어울리지 않겠나? 이렇게 값진 선물을 주며 공주를 달라는 자를 어떻게 거절할 수 있겠나?"

술탄의 말을 들은 총리대신은 묘한 혼란에 사로잡혔다. 얼마 전만 해도 술탄은 공주를 자신의 아들과 결혼시키겠다고 말했기 때문이다. 그는 겁이 났다. 술탄이 이토록 진귀하고 값진 선물에 현혹되어 마음을 바꾸는 것도 무리는 아니었다. 그는 술탄에게 다가가 귀에 대고 말했다. "폐하, 이 선물이 공주님께 안 어울린다고는 볼 수 없지만, 부디 공주님의 결혼을 결정하시기 전에 제게 석 달간의 말미를 주시옵소서. 일전에 폐하께서 눈여겨본 적이 있다고 말씀하셨던 제 아들 녀석이, 폐하와 안면이 없는 알라딘보다 더 값나가는 선물을 만들어 드릴 수 있었으면 하옵니다."

술탄은 총리대신의 아들이 이토록 값나가는 선물을 구해다 바치는 건 불가능하리라 확신했지만, 어쨌거나 그의 청을 들어주는 자비를 베풀기로 했다. 그리하여 알라딘의 어머니가 있는 쪽을 돌아보며 말했다. "여인이여, 이만 집으로 돌아가라. 그리고 그대가 대신 전한 청에 내가 동의의 뜻을 보였다고 아들에게 전하라. 하지만 가구도 장만하지 않은 채 내 딸을 결혼시킬 수는 없는 일, 이를 위해서는 석 달이 필요하니 그때 다시 오라."

알라딘의 어머니는 크게 기뻐하며 집으로 돌아갔다. 자기 신분으로는 감히 술탄에게 다가갈 수도 없을 줄 알았는데, 쓰레기 취급을 받으며 당혹감에 사로잡히리라는 예상과 달리 너무나도 호의적인 답변을 들었기 때문이다. 알라딘은 집으로 돌아온 어머니를 보면서, 좋은 소식을 갖고 왔을 거라 판단한 근거는 두 가지였다. 하나는 어머니가 평소보다 일찍 돌아왔다는 점이고, 다른 하나는 무척이나 밝고 기쁜 표정이라는 점이었다. "어떻게 됐어요, 어머니? 제가 희망을 가져도 되겠어요, 아니면 좌절해야 하는 상황이에요?" 어머니는 베일을 벗어 내려놓고 소파에 가서 아들 곁에 자리를 잡고 앉으며 말했다. "얘야, 궁금해하며 애태우지 않도록 결과부터 말해 주마. 괴로워 죽을 생각 따위는 안 해도 된단다. 충분히 만족할 만한 결과를 가져왔거든." 그러고 나서 어머니는 아들에게 계속해서 그간의 일들을 이야기해 주었다. 어떻게 다른 사람들보다 먼저 술탄 앞에 나아가 이야기할 기회를 얻어 이렇게 빨리 돌아왔는지, 술탄에게 청을 드리려고 자신이 얼마나 신중에 또 신중을 기했는지, 알라딘의 청혼에 대해 술탄이 모욕을 느끼기는커녕 얼마나 호의적으로 결혼 승낙을 했는지, 모조리 말해 줬다. 그리고 술탄의 반응으로 보건대, 그토록 호의적인 결정을 내릴 수 있었던 건 다른 무엇보다도 그 선물의 힘이 컸다고 덧붙였다. "술탄이 당신의 생각을 말씀해 주시기 전에 총리대신이 귓속말로 뭐라고 했기 때문에, 이런 호의적인 답변을 예상하긴 더더욱 힘들었단다. 그 작자가 우리에 대한 술탄의 호의적 생각을 바꿔 놓는 건 아닌가 하고 얼마나 걱정했는지 모른다."

 이 소식을 듣자 알라딘은 죽을 것같이 행복했다. 알라딘은 자신의 계획을 진행시키느라 애쓴 어머니의 노고에 감사를 표했다. 알라딘이 평온을 찾기 위해서는 이 일의 성공이 절대적이었다. 뜨거운 사랑의 대상인 공주를 얼른 손에 넣고 싶은 마음에 안절부절못하던 알라딘에게는 석 달이 더없이 긴 시간이었지만, 술탄의 약속이니 취소될 리는 없으리라 생각하고 참을성 있게 기다리기로 했다.

 알라딘은 시간이 흘러 그날이 오기만을 바라며 수 시간, 수 일, 수 주 동안을 손꼽아 기다렸다. 그러다 두 달쯤 흐른 어느 날 저녁, 알라딘의 어머니는 램프에 불을 켜려다 집에 기름이 다 떨어진 걸 깨달았다. 그리하여 기름을 사러 밖으로 나갔다. 그런데

✝ 알라딘과 요술램프 ✝

마을 거리를 지나다보니, 주위가 온통 축제 분위기였다. 상점들도 문을 닫기는커녕 활짝 열어 놓았고, 가게마다 나뭇잎으로 장식이 되어 있었으며, 다들 환하게 조명을 밝힐 채비를 하고 있었다. 저마다 다른 사람에게 질세라 더욱 성대하고 화려하게 장식하느라 여념이 없었다. 모든 사람들의 표정에서 기쁨과 즐거운 기색이 역력했다. 거리는 온통 화려하게 장식한 말을 탄, 의복을 갖춰 입은 장교들로 붐볐다. 장교들 주위에는 이리저리 오가는 하인들이 엄청나게 많았다. 알라딘의 어머니는 기름 가게 주인에게 이게 다 무슨 일이냐고 물었다. 그러자 가게 주인이 말했다. "아주머니는 대체 어디 사시는 분이시오? 총리대신의 아들이 오늘 밤 바드룰부두르 공주와 결혼한다는 걸 몰랐단 말이오? 공주님께서 곧 목욕탕에서 나오실 거고, 여기 보이는 장교들이 한데 모여 결혼식이 열릴 궁전까지 행렬을 지어 호위할 거요."

알라딘의 어머니는 이에 대해 더는 알고 싶지 않았다. 그녀는 서둘러 집으로 돌아가느라 거의 숨이 넘어갈 지경이었다. 집에 돌아와서 알라딘을 찾았다. 어머니가 들고 온 끔찍한 소식에 대해 알라딘은 전혀 모르고 있었다. 알라딘의 어머니가 소리치며 말했다. "애야, 너는 이제 다 망했다! 술탄의 저 헛된 약속만을 믿고 기다리지 않았느냐! 이제 그 약속은 무용지물이 되었단다!" 이 말에 깜짝 놀란 알라딘이 되물었다. "어머니, 무슨 말씀이세요? 술탄이 약속을 어기다니요? 대체 어디서 무슨 소리를 어떻게 들으신 거예요?" 그러자 어머니가 말했다. "오늘 밤, 총리대신의 아들이 궁궐에서 바드룰부두르 공주님과 결혼을 한다는구나!" 알라딘의 어머니는 방금 전에 들은 소식을 전해 주었다. 정황이 너무도 분명했기에 의심의 여지는 없었다.

이 소식에 알라딘은 마치 번개라도 맞은 듯 온몸이 굳어 버렸다. 주위의 다른 모든 것도 그에 완전히 압도된 듯했다. 하지만 미묘한 질투심이 알라딘을 움직였다. 바로 그 순간, 지금껏 유용하게 사용해 온 램프를 생각해 낸 것이다. 알라딘은 술탄이나 총리대신, 혹은 총리대신의 아들에게 대고 망언을 퍼부으며 분노에 사로잡히지 않고 그저 이렇게만 말했다. "어머니, 오늘 밤 총리대신의 아들이 뜻대로 그렇게 행복하지는 않을 거예요. 잠시 제가 방에 있는 동안, 저녁거리 좀 준비해 주세요."

어머니는 아들이 램프를 사용하여 가능하다면 세상이 끝날 때까지 총리대신 아들이 결코 공주와 결혼할 수 없게 막으려는 속셈임을 알아차렸다. 그리고 이러한 예상은 틀리지 않았다. 방으로 들어간 알라딘은 요술램프를 집어 들었다. 그 전날 램프의 정령이 등장하여 어머니가 몹시 놀랐던 탓에 눈에 띄지 않게 멀리 떨어뜨려 놓은 것이었다. 알라딘은 램프를 잡고 이전과 같은 곳을 문질렀다. 그러는 순간 램프의 정령이 나타났다.

"그대가 원하는 건 무엇인가? 손에 램프를 든 모든 이들과 그대의 노예로서, 램프의 다른 노예들과 함께 나는 그대의 명령에 복종할 준비가 되어 있다."

알라딘이 램프의 정령에게 말했다. "잘 들어라. 너는 지금껏 내가 필요로 할 때 먹을 것을 가져다주었다. 이번에는 그와 다른 무척 중요한 문제가 생겨서 불렀다. 나는 술탄에게 그 딸인 바드룰부두르 공주와 결혼하게 해 달라고 부탁했었다. 그는 그러겠노라고 약조를 하였고, 석 달간의 시간을 달라고 했다. 그런데 오늘 밤, 약속한 기한이 다 끝나기도 전에 술탄은 공주를 총리대신의 아들과 결혼시키려 하고 있다. 나는 이 소식을 방금 전에 접했고, 이는 틀림없는 사실이다. 나의 요구 사항은 신랑과 신부가 잠자리에 드는 즉시 이 둘을 납치하여 침대째 여기로 데려오라는 것이다."

"램프의 주인이여, 분부대로 따르겠노라. 그 외 다른 명령은 없는가?"

"지금으로선 없다."

그러자 알라딘의 말이 끝나기가 무섭게 램프의 정령이 사라졌다.

알라딘은 다시 어머니 곁으로 와서 평소처럼 말없이 저녁을 먹었다. 식사 후 어머니와 함께 잠시 공주의 결혼에 대해 이야기를 나누었다. 마치 이제는 전혀 개의치 않는 듯했다. 알라딘은 다시 자기 방으로 돌아갔고, 어머니도 편히 자러 갈 수 있게 되었다. 알라딘은 잠을 자지 않고 램프의 정령이 명령을 이행하고 돌아오길 기다렸다.

그러는 동안, 술탄의 궁궐에서는 공주의 혼례를 축하하기 위해 모든 것이 성대하게 준비되었다. 예식 및 연회와 함께 저녁 파티가 벌어졌고, 이는 밤이 깊어지기 전까지 계속되었다. 모든 일이 다 끝났을 때, 총리대신의 아들은 공주를 수행하는 환관들 중 수장에게 신호를 보내 교묘하게 빠져나갔고, 수장은 그를 첫날밤 잠자리가 마련되어 있는 공주의 침실까지 안내했다. 신랑은 먼저 자리에 누웠다. 그리고 얼마 후, 왕비가 자신과 공주의 시녀들을 거느리며 새 신부를 데리고 왔다. 새 신부인 공주는 관례대로 강하게 저항했다. 왕비가 공주의 옷을 벗기는 걸 도와주었고, 강제로 공주를 침대 안으로 집어넣었다. 그리고 공주에게 입을 맞추며 잘 자라고 인사한 뒤, 시녀들을 데리고 방에서 나갔다. 마지막으로 나가던 시녀가 방문을 닫아 주었다.

방문이 닫히자마자, 램프의 충성스러운 노예인 정령은 램프를 손에 쥔 자의 명령을 충실히 이행했다. 신랑이 신부를 쓰다듬을 겨를도 없이, 램프의 정령이 나타나 크게 놀라는 두 사람과 함께 침대를 그대로 집어 들어 순식간에 알라딘의 방으로 옮겨 놓았다.

참을성 있게 이 순간을 기다렸던 알라딘은 총리대신의 아들이 공주와 동침하는 것을 용납하지 않았다. 알라딘은 램프의 정령에게 말했다. "이 새신랑을 데려가 아무도 보지 못하는 곳에다

가둬라. 그리고 내일 아침 동이 트면 곧바로 내게 다시 오라." 램프의 정령은 곧 속옷 바람인 새신랑을 침대에서 끌어내어 아무도 보지 못하는 곳으로 데려갔다. 정령은 머리에서 발끝까지 느껴질 정도로 입김을 세게 불어 새신랑이 꼼짝도 못하게 만든 뒤, 예의 그 장소로 데려다 놓았다.

바드룰두부르 공주를 무척 연모했던 알라딘이지만 홀로 공주와 함께 있게 된 순간, 많은 이야기를 늘어놓을 수 없었다. 알라딘은 흥분된 분위기에서 이렇게만 말했다. "무서워할 것 없어요, 사랑스러운 공주님. 이곳에서 공주님은 안전해요. 제가 공주님의 미모와 매력에 매우 격렬하게 사랑을 느끼고는 있지만, 그렇다고 깊은 존경심의 경계선을 벗어나지는 않을 거예요." 그리고 이렇게 덧붙였다. "제가 이렇게 극단적인 상황까지 올 수밖에 없었던 건 공주님을 괴롭히기 위해서가 아니라, 술탄께서 제게 호의적인 발언을 하신 것과는 달리 부당한 경쟁자가 공주님을 손에 넣지 못하게 하기 위해서예요."

공주는 이러한 자초지종을 전혀 모르고 있었던 터라 알라딘이 하는 모든 말에 별 관심을 기울이지 않았다. 공주는 알라딘의 말에 대꾸할 만한 상황이 아니었다. 예기치 못하게 너무나도 놀라운 일을 겪게 되어 심히 두려움에 떨며 경악한 나머지, 말문이 막혀 버렸다. 알라딘은 여기에서 그치지 않았다. 알라딘은 옷을 벗어야겠다고 생각하고, 총리대신의 아들이 있던 자리로 가 공주에게 등을 돌린 채 누웠다. 자리에 눕기 전에 공주와의 사이에 조심스럽게 검을 하나 놓았다. 만일 공주의 몸에 손을 댈 경우 그에 따른 벌을 받겠다는 표시였다.

이처럼 이날 밤 단꿈에 젖어 있던 경쟁자로부터 행복을 빼앗은 데에 만족한 알라딘은 꽤 평온하게 잠이 들었다. 하지만 바드룰부두르 공주는 그렇지 않았다. 공주는 지금껏 이렇게 유감스럽고 불쾌한 밤을 보낸 적이 없었다. 게다가 램프의 정령이 총리대신의 아들을 데려다 놓은 장소와 상태에 대해 생각한다면, 새신랑은 그보다 훨씬 더 비통한 처지에서 밤을 보냈음을 알 수 있을 것이다.

다음 날, 알라딘은 램프의 정령을 부르기 위해 램프를 문지를 필요가 없었다. 알라딘이 막 옷을 다 입고 나자, 지시한 시각에 맞춰 램프의 정령이 되돌아왔기 때문이다. 램프의 정령이 알라딘에게 말했다. "다시 돌아왔도다. 내게 내릴 명령은 무엇인가?"

알라딘은 램프의 정령에게 말했다. "총리대신의 아들을 다시 데려다가 이 침대에 올려놓고, 어젯밤에 데려왔던 원래 장소로 되돌려 보내라." 램프의 정령은 아무도 보지 못하는 곳에서 총리대신의 아들을 데려왔고, 그를 보자 알라딘이 검을 다시 집어 들었다. 램프의 정령은 공주 곁에 새신랑을 데려다 놓고, 침대와 함께 순식간에 술탄 궁의 침실로 가져다 놓았다.

이때, 여기에서 짚고 넘어가야 할 점은 이 모든 일이 벌어지는 과정에서 총리대신 아들과 공주의 눈에는 램프의 정령이 보이지 않았다는 사실이다. 정령의 어마어마한 몸집이 이들의 눈에 보였더라면 무서워서 죽었을 것이다. 이들에게는 램프의 정령과 알라딘이 나누는 대화도 전혀 들리지 않았다. 이들은 오직 자신들의 침대가 들려 한곳에서 다른 곳으로 운반됐다는 사실밖에 느끼지 못했다. 하지만 이것만으로도 두 사람은 충분히 겁을 먹었을 것이 분명했다.

램프의 정령은 신혼부부의 침대를 원래 있던 곳으로 정확히 되돌려 놓았다. 그리고 그때, 공주가 어떻게 초야를 치렀을지 호기심이 발동한 술탄이 아침 인사를 전하기 위해 두 사람의 방에 들어왔다. 밤새도록 추위에 떨다 지친 새신랑은 미처 몸을 못 녹였는데, 누군가 문을 여는 소리가 들리자 간밤에 옷을 벗었던 드레스 룸으로 들어갔다.

술탄은 공주의 침대로 다가가 습관처럼 미간에 입맞춤을 하고 아침 인사를 전했다. 그리고 웃으면서 지난밤 어땠냐고 물었다. 술탄은 공주의 고개를 들어 올리며 주의 깊게 살피다가 무척 침울한 표정에 놀랐다. 공주는 으레 얼굴에 드러내야 할 부끄러움을 보이지 않았고, 술탄의 호기심을 충족시킬 만한 다른 어떤 표정도 짓지 않았기 때문이다. 공주는 그저 한없이 서글픈 시선을 보낼 뿐이었고, 오직 비탄과 불만의 감정밖에는 읽을 수 없었다. 술탄이 몇 마디 더 건네 보았으나 공주가 대답이 없었기에, 그저 수치심에 입을 닫고 있는 걸로 생각하고 방을 나왔다. 하지만 공주의 이 침묵이 무언가 이상하다는 의심을 거둘 수가 없었다. 그리하여 술탄은 그 길로 당장 왕비의 처소로 향했다. 왕비에게 달려간 술탄은 공주가 지금 어떤 상태이며, 어떻게 자신을 맞이했는지 전했다. 그러자 왕비가 말했다. "폐하, 초야를 치른 다음 날, 한결같이 조심스러운 몸가짐을 보이는 새 신부는 없답니다. 이삼 일 지나면 달라질 거예요. 그 정도 지나고 나면, 공주도 원래대로 폐하를 맞이할 것입니다. 제가 공주를 보러 가도록 하지요." 그리고 왕비는 이렇게 덧붙였다. "공주가 저 또한 그런 식으로 맞아들인다면, 제 생각이 틀린 거겠지요."

왕비가 옷을 차려입고 공주의 처소에 들렀을 때, 공주는 아직 자리에서 일어나지 않은 상태였다. 왕비는 침대로 다가가 공주에게 입을 맞추며 아침 인사를 건넸다. 하지만 왕비는 공주가 아무런 반응이 없어서 놀랐고, 또한 무척 의기소침한 상태인 걸 깨닫고도 놀랐다. 분명 왕비가 모르는 무언가가 일어났던 것이 틀림없었다. 왕비가 말했다. "애야, 어미의 다정한 손길에 이토록 무심히 반응하는 법이 어디 있느냐? 내게 이런 식으로 행동해서 쓰겠느냐? 지금 공주가 처한 심경이 어떠할지 이 어미가 모를 거라고 생각하느냐? 네가 그런 생각은 하지 않으리라 믿고 싶구나. 네게 무슨 일인가 생긴 게 틀림없으니, 솔직히 말해 보아라. 더 이상 어미를 걱정시키지 말았으면 좋겠구나."

바드룰부두르 공주는 결국 크게 한숨을 쉬며 침묵을 깨고 소리쳤다. "존엄하신 어마마마! 소녀가 어마마마께 응당 갖추어야 할 예의를 갖추지 못한 건 용서하옵소서! 소녀, 간밤에 있었던 해괴한 일들을 생각하느라 여념이 없었나이다. 아직도 놀란 가슴이 진정될 길이 없고, 두려움도 좀처럼 가라앉질 않습니다. 그리하여 소녀, 정신을 차리기가 너무도 힘듭니다." 그리고 공주는 간밤에 있었던 일들을 생생히 전했다. 새신랑과 자리에 눕고 나서 잠시 후 어떤 식으로 침대가 들려져 지저분하고 어두컴컴한 방 안으로 순식간에 옮겨졌는지 설명하고, 신랑과 떨어져 혼자 남아 신랑의 안부도 모른 채 그 방에서 한 젊은 남자를 만나 이런저런 얘기를 들은 것도 설명했다. 남자는 뭐라 뭐라 말을 했지만, 정작 자신은 너무나도 무서웠던 나머지 아무 소리도 안 들렸다고. 그러고는 남자가 둘 사이에 검을 놓아둔 뒤 신랑 자리에 누워 한 침대에서 잠을 잤다고. 이어 신랑을 다시 침대에 돌려놓은 뒤 순식간에 원래 자리로 옮겨 놓았다고 했다. 그리고 공주는 이렇게 덧붙였다. "이 모든 상황이 막 끝났을 때, 마침 술탄께서 제 방에 들어오셨어요. 저는 너무나도 비통함에 사로잡혔던 나머지 아바마마께 아무런 대답도 못했어요. 이곳에 친히 와 주신 아바마마를 그런 식으로 맞이해서 분명 언짢으셨을 거예요. 하지만 저의 이 가련한 상태와 간밤의 비통한 사건을 아시고 나면, 아바마마께서 부디 저를 용서해 주셨으면 좋겠어요."

왕비는 공주가 하는 이야기를 말없이 듣고 있었지만 믿고 싶지는 않았다. 왕비가 말했다. "얘야, 이 일에 대해서는 네 아버지께 이야기하지 않는 편이 좋겠구나. 이에 대해 누구에게도 말하지 않도록 주의해라. 네 이야기를 들으면 사람들이 너를 미친 사람 취급할지도 모른단다." 이에 공주가 말했다. "어마마마, 장담컨대 저는 정말 멀쩡한 정신으로 말씀드렸어요. 제 남편에게도 이에 관한 이야기를 들으실 수 있을 거예요. 남편 또한 저랑 같은 이야기를 할 거예요." 그러자 왕비가 말했다. "네 신랑에게도 이야기를 들어보도록 하마. 하지만 같은 이야기를 듣는다 하더라도, 지금보다 더 그 이야기에 대해 확신을 갖게 되진 않을 거 같구나. 어쨌든 자리에서 일어나렴. 머릿속에서 망상 따위는 지워 버려. 앞으로 이 궁궐과 왕국 전체에서 너희의 결혼을 축복하는 잔치가 며칠 동안 계속될 텐데, 그런 생각으로 대사를 그르쳐서야 쓰겠니? 이미 팡파르 소리와 트럼펫, 팀파니, 북 등의 타악 합주를 들었을 거 아니냐? 이런 분위기 속에 있다 보면 분명 기분이 즐겁고 기쁘게 바뀔 거고, 방금 전에 말한 그런 터무니없는 일들은 다 잊어버리게 될 게다." 이와 동시에 왕비는 공주의 시녀들을 불러들였다. 그리고 자리에서 일으켜 세워 몸단장을 시킨 뒤, 왕비는 술탄의 처소로 갔다. 그리고 지난밤, 공주의 머릿속에 어떤 환상이 스쳐간 것 같지만, 별것이 아니라고 얘기했다. 왕비는 총리대신의 아들을 불러들였다. 공주의 말을 확인해 보기 위해서였다. 하지만 그는 술탄의 사위가 된 것을 무한히 영광이라 여겼기 때문에 간밤의 일을 은폐하기로 결심했다. 왕비가 말했다. "사위여, 자네 또한 공주처럼 고집을 부릴 텐가?" 이에 총리대신의 아들이 대답했다. "마마, 지금 무슨 말씀을 하시는 건지 여쭈어도 되겠습니까?" 그러자 왕비가 말했다. "됐다. 더는 알고 싶지 않구나. 자네는 공주보다 현명하도다."

궁궐에서는 온종일 축하연이 계속되었다. 공주를 가만 내버려 둘 수 없었던 왕비는 사람들이 다양한 공연으로 준비한 놀 거리에 공주를 동참시키고자 온갖 노력을 다 했다. 하지만 공주는 간밤에 있었던 일들에 생각이 사로잡혀 있었기 때문에, 정신이 온통 다른 데에 가 있는 듯했다. 총리대신의 아들 또한 공주 못지않게 간밤의 일로 괴로웠지만, 술탄의 사위가 될 야심에 이를 애써 감추었다. 그리고 이런 그를 보는 그 누구라도 매우 행복한 신랑으로 의심치 않을 것이었다.

궁 안의 상황에 대해 많은 정보를 접한 알라딘은 지난밤 있던 유감스러운 일에도 불구하고 신혼부부가 함께 잠을 잘 거라고 생각했다. 알라딘은 이들을 가만히 내버려 두고 싶지 않았다. 그래서 밤이 조금 깊어지자 램프를 사용했다. 램프의 정령이 나타나 알라딘에게 이전과 같은 의례적인 말로 분부를 내려 달라고 했다. 그러자 알라딘이 말했다. "총리대신의 아들과 공주는 오늘 밤에도 함께 잠자리에 들 게 분명하다. 이들이 잠자리에 눕는 즉시 어제와 마찬가지로 침대를 여기로 가져오라."

램프의 정령은 전날과 다름없이 정확하고 충직하게 명령을 이행했다. 총리대신의 아들은 지난번과 마찬가지로 불편하게 밤을 보냈고, 공주는 다시금 알라딘과 한 침대를 쓰는 굴욕을 겪었다. 물론 알라딘과 공주 사이에는 검이 놓였다. 다음 날, 램프의 정령은 총리대신 아들을 다시 공주 옆에 데려다 놓고, 신혼부부를 실은 침대는 다시 궁궐 침실로 가져다 놓았다.

술탄은 전날 공주가 자신을 그런 식으로 대한 이후 둘째 날 밤을 어떻게 보냈을지, 전날과 같은 식으로 자신을 대하지 않을지가 몹시 궁금했다. 그는 이 모든 궁금증을 시원하게 해결하고자 다시금 이른 아침에 공주의 침실을 찾았다. 간밤에도 또다시 제대로 첫날밤을 치르지 못한 데 대해 첫째 날보다 더 큰 수치심과 모욕감을 느낀 새신랑은 술탄이 들어오는 소리가 들리자 서둘러 드레스 룸으로 몸을 피했다.

술탄은 침대 가까이 다가가서 공주에게 아침 인사를 건네고, 전날과 마찬가지로 다정하게 쓰다듬으며 물었다. "애야, 오늘은 좀 어떠냐? 어제와 마찬가지로 기분이 나쁘냐? 지난밤은 어땠는지 말해 줄 수 있겠느냐?" 공주는 여전히 침묵을 지켰고, 술탄은 딸이 어제보다 더 불안해하며 의기소침해 있다는 걸 깨달았다. 공주에게 무언가 이상한 일이 생겼다는 데에는 의심의 여지가 없었다. 공주가 자꾸만 영문을 알 수 없는 행동을 하자 술탄은 화가 나서 검을 뽑아 들며 말했다. "공주여, 숨김없이 다 말하라! 아니면 곧 네 머리를 베어 버릴 것이다."

서슬이 퍼런 칼보다도 화난 술탄의 목소리와 협박이 더 무서웠던 공주는 결국 침묵을 깨고 입을 열었다. 공주가 눈물을 흘리며 소리쳤다. "아바마마! 소녀 때문에 감정이 상하셨다면 부디 소녀를 용서해 주시옵소서, 폐하! 폐하의 자비와 관용으로 원컨대, 지난밤과 그 전날 밤에 소녀가 처한 비통하고 가련한 상황을 가감 없이 들으시고 난 뒤, 부디 노여움이 소녀에 대한 연민으로 이어지길 바랍니다."

공주는 술탄의 노여움을 어느 정도 누그러뜨리며 이처럼 이야기의 서두를 열어 지난 이틀간 일어난 일들을 솔직하게 이야기했다. 하지만 너무나도 심금을 울리게 이야기를 해서, 술탄은 공주에 대한 사랑과 애정 어린 마음 때문에 가슴 깊이 극심한 고통을 느꼈다. 공주는 이렇게 이야기를 마무리 지었다. "소녀가 방금 해드린 이야기에는 추호도 거짓이 없으며, 폐하께서 짝지어 주신 제 남편에게서도 같은 이야기를 들으실 수 있을 겁니다. 낭군님께서는 제가 드린 이야기와 같은 이야기를 솔직하게 말씀드릴 거라 확신합니다."

그렇게 놀라운 일이 공주에게 일어났다는 사실에 술탄은 진심으로 가슴이 아팠다. 술탄이 말했다. "애야, 지금 말한 이 해괴하기 짝이 없는 일을 어제 진작 말하지 그랬느냐? 이 일에 대해

나 또한 너 못지않게 신경이 쓰이는구나. 너를 행복하고 기쁘게 만들어 주려고 결혼을 시킨 거지, 불행하게 만들려는 생각에서 결혼을 시킨 게 아니란다. 너에게 어울리는 짝을 만나 그 사람과 함께 응당 누려야 할 행복을 맛보게 해주려던 게야. 방금 전에 이야기한 그 모든 것과 관련된 불쾌한 생각들을 머릿속에서 완전히 지워 버려라. 지난밤처럼 그렇게 불쾌하고 참을 수 없는 일들이 다시는 생기지 않도록 해주마."

술탄은 처소에 들어가자마자 사람을 보내어 총리대신을 불러들였다. 술탄이 말했다. "대신, 그대의 아들을 만나 보았는가? 아들이 아무 말도 안 하던가?" 총리대신이 아들을 못 만났다고 하자, 술탄은 방금 전에 공주가 들려준 이야기를 해주었다. 그리고 이렇게 덧붙였다. "내 여식이 사실대로 이야기했음은 의심의 여지가 없네. 하지만 자네 아들 이야기를 듣고 확신을 하면 좋겠군. 가서 자네 아들에게 물어보게."

총리대신은 지체 없이 아들에게 가서 방금 전에 술탄이 했던 말을 전했다. 그리고 모든 걸 거짓 없이 솔직하게 말하라고 명령하고, 모두 사실이냐고 물었다.

그러자 아들이 대답했다. "아버지께는 숨기지 않고 말씀드릴게요. 공주님께서 술탄께 하신 말씀은 모두 다 사실이에요. 하지만 저만 따로 겪었던 고초는 공주님도 술탄께 고하지 못하셨을 거예요. 결혼식 이후, 저는 상상을 초월하는 끔찍한 밤을 두 번

† 알라딘과 요술램프 †

이나 보냈어요. 제가 겪은 고통에 대해 그 모든 정황과 함께 어떻게 하면 정확하게 설명드릴 수 있을지 적절한 표현이 생각나질 않아요. 네 번이나 침대째 옮겨지는 동안 느꼈던 공포는 뭐라 말씀드릴 수가 없네요. 어떻게 그런 일이 있을 수 있는지 상상도 못하겠어요. 아무도 없는 비좁은 곳에서 잠옷 바람으로 서서 이틀 밤을 보낸 걸 알면, 아버지도 분노하실 거예요. 저는 그곳에서 몸을 움직일 수조차 없었고, 움직이지 못하게 하는 장애물이 전혀 없었는데도 옴짝달싹 못했어요. 하지만 제가 겪은 끔찍한 고통에 대해 더 얘기할 필요는 없을 것 같아요. 사실 솔직하게 말씀드리면, 이런 일을 겪었다고 해서 공주님에 대한 사랑과 존경심이 사그라지진 않았어요. 공주님은 여전히 훌륭한 분이세요. 하지만 아버지, 아무리 군주님의 따님을 배필로 삼는 명예와 영광을 얻었다 해도, 그토록 불쾌한 대우를 감내해야 한다면, 힘든 결혼 생활을 더 유지하느니 차라리 죽는 게 낫겠어요. 공주님 또한 저와 같은 생각이실 거라고 추호도 의심하지 않아요. 공주님의 안위를 위해서나 제 평온을 위해서나 서로 갈라서야 한다는 의견에 공주님도 쉽게 동의하실 거예요. 그러니 아버지, 제가 이토록 명예로운 결혼을 할 수 있도록 힘써 주신 그 애정 어린 마음으로, 부디 술탄께서 우리 결혼이 무효라고 선언하시도록 해주세요."

총리대신은 아들이 술탄의 사위가 되는 걸 보고 싶은 욕심은 컸지만, 공주와 헤어지겠다는 아들의 결심이 단호했기 때문에 이 힘든 고난이 잘 해결될 수 있을지 알아보기 위해 며칠만 더 참으라는 제안을 차마 할 수 없었다. 아들과 헤어진 총리대신은 술탄에게 답변을 고하러 갔고, 아들의 이야기에 하나도 거짓이 없음을 고백했다. 그는 그토록 의욕 넘치게 진행했던 이 결혼을 술탄이 먼저 파기하겠다고 선언할 때까지 기다리지 않고, 자신의 아들이 궁에서 물러나 자기 곁으로 돌아오게 해 달라고 부탁했다. 자기 아들의 사랑 때문에 공주님이 다시 한 번 이 끔찍한 고충을 겪는 건 부당한 일이라는 핑계를 댔다.

총리대신은 그리 어렵지 않게 원하는 답을 얻었다. 이미 각오가 되어 있던 술탄은 그 즉시 궁궐과 도성 내에서, 그리고 왕국 전체에서 축제를 중지하라고 명령했다. 이전과는 반대되는 명령이었다. 그리고 곧 도성과 왕국 내에서는 모든 축제와 연회가 중지되었다.

이 예상치 못한 급격한 변화에 대해 저마다 다양한 추론을 생각해 냈다. 이 뜻밖의 사태에 대해 서로 질문을 주고받았고, 총리대신이 아들과 함께 궁궐을 나와 자택으로 돌아가는 걸 봤는데, 두 사람 다 무척이나 침통한 표정이더라는 이야기도 나돌았다. 그 속사정을 알고 있는 건 오직 알라딘뿐이었다. 알라딘은 램프가 가져다준 이 행복한 성과를 스스로 기뻐하며 즐거워하고 있었다. 알라딘은 자신의 경쟁자가 궁궐 생활을 포기하고, 공주와의 결혼이 완전히 취소되었음을 알게 되자 더 이상 램프를 문질러 정령을 소환해 낼 필요가 없어졌다. 한 가지 특이할 만한 점은, 알라딘의 존재와 그의 청혼을 까맣게 잊고 있던 술탄도 총리대신도 이 같은 상황이 그저 공주의 결혼을 파기시키려는 귀신 놀음이라는 생각밖에 안 했다는 것이다.

하지만 알라딘은 술탄이 바드룰부두르와 자신의 결혼을 위해 못 박았던 석 달간의 유예기간이 지나가는 것을 지켜봤고, 매일같이 그날을 손꼽아 기다렸다. 그리고 약속된 시간이 다 지났을 때, 어머니를 궁으로 보내어 술탄에게 그날 했던 말을 상기시키는 것을 잊지 않았다.

알라딘의 어머니는 아들이 말한 대로 궁궐에 가서 이전처럼 어전 회의실 입구에 서 있었다. 술탄은 알라딘의 어머니를 보자마자 곧바로 알아보았고, 동시에 그녀의 부탁을 기억해 냈다. 자신이 그녀에게 약속했던 유예기간도 떠올렸다. 총리대신은 어떤 안건을 보고하려던 참이었다. 그러자 술탄이 총리대신의 말을 끊으며 이야기했다. "대신, 저기 몇 달 전에 우리에게 멋진 선물을 주고 간 여인이 있느니라. 여인을 데리고 오라. 여인의 이야기를 듣고 나서 안건을 보고하도록 하라." 총리대신은 회의실 입구 쪽을 슬쩍 보고 알라딘의 어머니를 알아봤다. 그는 곧 시종장을 불러 여인을 가리키며 앞으로 데려오라고 명령했다.

알라딘의 어머니는 옥좌 아래에 당도하여 관행에 따라 머리를 조아렸다. 알라딘의 어머니가 고개를 들자, 술탄은 이곳에 온 연유를 물었다. 알라딘의 어머니가 대답했다. "폐하, 다시 한 번 폐하의 앞에 서게 된 연유는 다름이 아니오옵고 제 아들 알라딘이 드렸던 청에 대해 폐하께서 주신 석 달간이 다 지났음을 알려 드리기 위해서이오니, 부디 이 일을 기억해 주시기 바랍니다."

술탄은 처음 알라딘의 어머니를 봤을 때 석 달간의 유예 기간을 주면서, 다시는 공주와의 결혼 얘기를 듣지 않게 될 줄 알았다. 알라딘 어머니의 미천한 신분과 초라한 행색으로 봐서는 알라딘이 공주에게 적합하지 않은 상대라고 생각했기 때문이다. 술탄의 입장에서 봤을 때, 알라딘 어머니의 옷차림새는 평범하기 짝이 없었다. 하지만 그녀가 이렇게 자신이 한 말을 책임지라고 독촉하자 술탄은 몹시 당황했다. 술탄은 그 자리에서 즉시 답하는 것은 좋지 않다고 판단하고, 총리대신에게 자문을 구했다. 술탄은 재산이라고는 한 푼도 없어 보이는 데다 면식도 없는 사람과 공주의 결혼 문제를 결론지어야 하는 이 상황이 썩 내키지 않았다.

총리대신은 곧 자신의 생각을 고했다. "폐하, 이토록 어울리지 않는 결혼을 교묘히 피할 묘책이 있습니다. 폐하께서도 짐작하시겠지만, 알라딘도 불평할 수 없는 방법입니다. 바로 공주님의 몸값을 어마어마하게 높이는 것이죠. 알라딘이 가진 재산이 얼마큼이든 절대 가져올 수 없는 수준의 재산을 요구하는 겁니다. 이 방법을 쓰면 이렇듯 용감한 게 아니라 무모하기까지 한 청혼을 알라딘 스스로 취소하게 만들 수 있을 것입니다. 자신이 얼마나 대담한 생각을 한 것인지 실행에 옮기기 전에는 미처 몰랐겠죠."

술탄은 총리대신의 조언을 받아들였다. 술탄은 알라딘의 어머니 쪽을 돌아보았다. 잠시 깊은 생각에 빠지는 듯하더니 이렇게 말했다. "여인이여, 술탄들은 자신이 한 말을 지키는 법이로다. 나 또한 내가 한 말을 지킬 준비가 되어 있으니, 내 딸인 공주와의 결혼을 통해 그대의 아들을 행복하게 만들어 주겠노라. 하지만 내 딸을 내가 아는 한 공주에게 득이 될 만한 사람하고밖에 결혼을 시킬 수 없을 터, 커다랗고 묵직한 금쟁반 40개에 이전에 가져왔던 보석 과일들을 가득 채워 40명의 흑인 노예와 함께, 같은 수의 잘 차려입은 신체 건장하고 젊은 백인 노예들을 딸려 보내라. 그대의 아들이 이를 보내 주는 즉시, 내가 한 말을 지키겠노라고 전하라."

알라딘의 어머니는 술탄의 왕좌 앞에서 머리를 조아렸다. 돌아오는 길에, 알라딘의 어머니는 아들의 말도 안 되는 미친 생각에 혼자 실소했다. '그 많은 금쟁반을 대관절 어디에서 찾으며, 이를 채울 형형색색의 보석들을 어디에서 구한단 말인가? 입구가 막혀 버린 지하 동굴로 돌아가 나무에서 따오기라도 할 생각인가? 그리고 술탄이 요구한 그 많은 허우대 멀쩡한 노예들은 다 어디서 구한단 말인가? 술탄이 말한 요구 사항은 내 아들놈과 너무도 거리가 먼 조건이 아닌가? 아들놈이 이번에는 내 심부름 결과를 듣고 실망하겠군.' 알라딘의 어머니는 이런 생각들로 머리가 가득한 채 집에 도착했다. 어머니는 아들에게 이제 더 이상 아무것도 바랄 수 없다는 점을 주지시키며 말했다. "애야, 공주님과의 결혼은 더 이상 생각하지 않는 게 좋겠구나. 사실 술탄께서는 나를 매우 친절히 맞아 주셨는데, 너에 대한 호의는 있어 보이시더구나. 그런데 내 짐작이 맞는다면 총리대신이 술탄의 생각을 바꿔 놓은 것 같아. 내 말을 듣고 나면 너도 나처럼 생각하게 될 거다. 폐하께 약속된 시간이 다 지났음을 아뢰고 나서, 상기해 보시라고 부탁을 드렸지. 내가 곧 이야기해 줄 술탄의 답변은 술탄께서 총리대신과 잠시 이야기를 나누신 후에 비로소 말씀해 주신 것이었단다." 어머니는 술탄이 자신에게 한 이야기와 공주와의 결혼을 위해 내걸었던 조건들 등 모든 걸 하나도 빠짐없이 이야기했다. 그리고 이렇게 말했다. "애야, 술탄께서는 네 답변을 기다리고 계시단다." 그리고 웃으며 이렇게 말했다. "그런데 우리끼리 이야기지만, 술탄께서는 아마도 오래 기다리셔야 할 것 같구나."

그러자 알라딘이 말했다. "어머니께서 생각하시는 것만큼 그렇게 오래 기다리지 않으셔도 될 거예요. 술탄이 그렇게 어마어마한 조건을 내걸어서 제가 공주님과의 결혼을 생각할 수 없도록 만들려 했다면 오산이에요. 저는 극복하기 힘든 다른 어려움을 기대했어요. 아니면 저와 비교도 안 되는 공주님의 몸값을 더 높게 생각할 줄 알았지요. 하지만 이 정도면 괜찮네요. 공주님을 얻기 위해 제가 공주님께 해드릴 수 있는 것에 비하면 이건 별거 아니에요. 저는 술탄의 요구에 대해 생각을 좀 하고 있을 테니 저녁거리를 좀 찾아 주세요. 잠시 혼자 좀 있을게요."

어머니가 먹을 것을 가지러 나가자마자 알라딘은 램프를 집어서 문질렀다. 그러자 램프의 정령이 알라딘 앞에 모습을 나타냈다. 램프의 정령은 늘 하던 의례적인 말을 하고 난 뒤, 소원을 받들 준비가 되었다며 어떤 명령을 내릴 것인지 물었다. 알라딘이 말했다. "술탄이 자신의 딸인 공주를 나와 결혼시키기로 하였다. 하지만 그전에 내게 무겁고 묵직한 금쟁반 40개와, 램프를 가지러 갔던 정원에 있는 과일들을 이 쟁반에 가득 채워 오라고 요구했다. 또한 이 쟁반들은 흑인 노예들이 하나씩 옮겨야 하며, 그 뒤로는 매우 화려하게 차려입은 신체 건장한 젊은 백인 노예 40명이 뒤따라야 한다고도 했다. 그러니 술탄이 어전 회의장에서 일어서기 전에 이것들을 보낼 수 있도록 어서 가서 가져오라." 램프의 정령은 즉시 분부대로 거행하겠다고 말하고 나서 사라졌다.

얼마 되지 않아 램프의 정령이 40명의 흑인 노예들을 대동하고 다시 나타났다. 각각의 흑인 노예들에게는 20마르크 정도 무게의 육중한 금쟁반이 머리 위에 들려져 있었고, 각각의 쟁반은 엄선된 진주며 다이아몬드, 루비, 에메랄드 등으로 가득 채워져 있었다. 지난번에 술탄에게 바쳤던 것과 똑같이 크고 아름다운 보석이었다. 각각의 쟁반은 금 꽃무늬 장식이 된 은색 천으로 덮여 있었다. 흑인, 백인 할 것 없이 수많은 노예들 때문에 알라딘의 비좁은 집이 꽉 찰 정도였고, 거기에 금쟁반까지 가세했다. 알라딘의 집은 앞마당이나 후원까지도 매우 작았다. 램프의 정령은 알라딘에게 만족하는지 물었고, 더 내릴 명령은 없는지도 물어봤다. 알라딘이 더 이상 원하는 것이 없다고 대답하자 곧 램프의 정령이 사라졌다.

시장에서 돌아온 어머니는 집 안에 가득한 수많은 사람들과 재산들을 보고 크게 놀랐다. 어머니는 사온 물건을 내려놓고 얼굴을 가렸던 베일을 벗으려 하였으나, 알라딘이 말렸다. "어머니, 지체할 시간이 없어요. 술탄이 어전 회의를 끝마치기 전에 어서 궁으로 돌아가서 이 지참금과 선물을 전해야 해요. 그래야만 술탄께서 내 부지런함과 정확함을 보시고 사위로 들일 만한 뜨겁고 성실한 열의를 가진 사람이라고 판단하시죠."

알라딘은 답변을 듣지도 않고 문을 열어 어머니를 밖으로 내보냈다. 이어 수많은 노예들도 모두 그 뒤를 따르게 하였다. 머리에 금쟁반을 인 한 사람의 흑인 노예 뒤에는 한 사람의 백인 노예가 따랐고, 이런 식으로 마지막까지 행렬이 이어졌다. 마지막 흑인 노예를 따라 어머니가 집을 나선 뒤, 알라딘은 문을 닫고 방에서 조용히 기다렸다. 이 선물들을 받은 뒤에는 술탄이 선뜻 자신을 사위로 맞아 주길 바라면서 말이다.

첫 번째 백인 노예가 알라딘의 집을 나서자 행인들은 모두 가던 걸음을 멈추었다. 흑인과 백인이 섞인 80명의 노예들이 알라딘의 집을 다 나가기 전에, 놀랍고도 환상적인 이 광경을 보기 위해 곳곳에서 달려 나온 군중들로 거리가 가득 찼다. 각 노예들의 옷차림은 고급 옷감과 여러 가지 보석들로 너무나도 화려했고, 아는 사람들은 이 옷 한 벌이 백만 냥 이상 갈 거라고 확신했다. 노예들은 너무나도 말끔한 차림새에 옷도 꼭 들어맞았고, 친절하면서도 우아한 태도에 하나같이 우월한 키를 뽐내고 있었다. 무게 있는 걸음걸이, 규칙적이고 가지런하게 유지하는 간격, 묵직한 금 벨트에 매단 엄청나게 크고 화려한 보석들, 균형 잡힌 행렬, 모자에 달려 있던 특이한 스타일의 보석 장식 등은 운집한 사람들로부터 엄청난 감탄을 자아냈고, 사람들은 지칠 줄도 모르고 행렬을 지켜보았다. 그리고 가능한 한 멀리까지 이들의 모습을 눈으로 쫓았다. 다만 사람들이 너무 몰려들어 길이 비좁았기 때문에, 각자 자기 자리에서 이동할 수는 없었다.

궁궐에 도착하기까지 여러 거리를 지나갔기 때문에, 도성 내 온갖 사람들이 대부분 이 화려한 행렬을 지켜보았다. 80명의 노예 가운데 맨 앞에 선 노예가 궁궐 제1궁정 문 앞에 도착했다. 열을 지어 있던 보초들은 다가오는 이 어마어마한 행렬을 본 순간부터 맨 앞에 선 노예를 어느 나라의 왕 정도 되는 사람이라고 생각했다. 너무나도 화려하고 근사하게 차려입었기 때문이다. 보초들은 이 노예에게 다가가 겉옷 밑단에 입을 맞추려고 하였다. 하지만 램프의 정령으로부터 교육을 받은 노예는 이들의 행동을 멈추게 하고 진지하게 말했다. "나는 노예일 뿐이오. 우리 주인님은 때가 되면 나타나실 것이오."

제일 앞에 선 노예는 다른 노예들을 거느리고 매우 널찍한 크기의 제2궁정까지 나아갔다. 어전 회의를 하는 동안, 이곳에 있는 술탄의 처소에서는 청소를 하고 있었다. 시종들은 무척 근엄한 분위기를 풍기고 있었으나, 알라딘의 선물을 운반하는 80명의 노예들이 등장하자 곧 묻혀 버리고 말았다. 술탄의 궁에는 그 누구도 이토록 멋있고 눈부신 사람들이 없었다. 술탄의 주위에 있는 화려한 궁정 귀족들이라고 해도, 이에 비할 바가 아니었다.

노예들의 행군 및 도착 소식이 전해지자, 술탄은 이들을 안으로 들이라고 명했다. 노예들은 안으로 들어서자마자 곧 회의실 입구를 찾았고, 질서정연하게 좌우로 나뉘어 회의실로 들어갔다. 흑인 노예들은 모두 안으로 들어간 다음, 술탄의 옥좌 앞에 반원형으로 늘어서서 짊어지고 온 금쟁반을 바닥에 내려놓았다. 그리고 모두들 바닥에 이마를 붙이고 머리를 조아렸다. 동시에 백인 노예들도 똑같은 행동을 했다. 그리고 모두들 다시 일어서

자 흑인 노예들이 금쟁반의 덮개를 능숙하게 벗겨 냈다. 그러고는 겸손하게 가슴 위에 두 손을 포개 얹고 서 있었다.

알라딘의 어머니는 옥좌 앞으로까지 나아가 고개를 조아린 뒤 술탄에게 말했다. "폐하, 소인의 아들 녀석인 알라딘은 이 같은 선물이 바드룰부두르 공주님의 수준에 한참이나 못 미친다는 걸 잘 알고 있습니다. 하지만 알라딘은 이 선물이 폐하의 마음에 들기를 바라며, 요구하신 조건을 충족시켰으므로 더욱 믿으시고 공주님과의 결혼을 허락해 주시길 바랍니다."

술탄은 이런 의례적인 인사치레에 신경 쓸 만한 상태가 아니었다. 화려하고 찬란하게 반짝이는, 이제껏 세상에서 본 적 없는 진귀한 보석들로 가득 찬 금쟁반들에 온통 눈이 가 있는 데다, 외모로 보나 호화롭고 화려한 옷차림으로 보나 군왕 못지않은 모습을 한 노예들을 보고 넋이 나가서 정신을 차릴 수가 없었다. 술탄은 알라딘 어머니의 대답에는 답을 하지 않은 채, 총리대신에게 말을 걸었다. 이 많은 재산들이 어디서 났는지 영문을 모르기는 그 또한 마찬가지였다. 왕은 공개적으로 총리대신에게 하문했다. "이보게, 대신! 짐도 자네도 알지 못하는 인물이지만 이토록 놀랍고 값진 선물을 보낸 자에 대해 어떻게 생각하는가? 이 자가 바드룰부두르 공주에게 어울리는 상대라고 생각하는가?"

총리대신은 자기 아들이 아닌 정체 모르는 사나이가 술탄의 사위가 될 것으로 보이자 약간의 질투심과 함께 가슴이 조금 쓰라렸다. 하지만 그렇다고 사실을 은폐할 수는 없는 노릇이었다. 알라딘의 선물이 이 고귀한 혼인 성사에 있어서 공주의 배우자가 되기에 마땅한 수준보다 더 충분하다는 사실은 너무나도 분명했다. 그리하여 총리대신이 자신의 견해를 밝히며 대답했다. "폐하, 이토록 폐하에게 걸맞은 선물을 보내 온 자가 폐하께서 베푸실 은혜에 걸맞지 않는다고는 생각되지 않습니다. 감히 간하옵건대, 이 세상에 폐하의 따님이신 공주님과 견줄 만한 보물은 없다고 확신합니다만, 이자가 공주님께 걸맞은 상대일 거라고 감히 아뢰옵나이다." 그 자리에 있던 다른 궁정 귀족들 또한 총리대신의 의견을 지지한다는 뜻을 박수로써 나타냈다.

술탄은 더 이상 지체하지 않았다. 알라딘이 자신의 사윗감으로 적합한 다른 능력을 갖고 있는지조차 알아볼 생각을 하지 않았다. 이토록 엄청난 부를 소유하고 있는 것만으로도 답은 어느 정도 나온 데다, 자신이 요구한 부분을 충족시키는 데에 부지런함까지 보여 주었다. 알라딘은 그토록 엄청난 요구를 들어주는 데에 있어 한 치의 어려움도 없었던 것이다. 그리하여 술탄은 자신의 요구를 모두 이행하는 데에 알라딘이 조금도 부족함이 없었다고 확신함에 따라, 알라딘의 어머니에게 원하는 대답을 줘서 돌려보내기로 하고 말했다. "여인이여, 그대의 아들에게 가서 짐이 두 팔 벌려 환영하고 포옹하며 맞이할 준비가 되어 있다고 전하라. 그리고 가능한 한 빨리 와서 공주를 데려가 준다면, 짐이 더욱 기쁠 것이라고도 전하라."

알라딘의 어머니는 자기 같은 여자의 아들이 그렇게 높은 지위까지 올라갈 수 있다는 것이 무척이나 기뻤다. 알라딘의 어머니가 물러가자마자 술탄은 그날 회의를 끝냈다. 옥좌에서 일어서면서 공주의 환관들에게 선물들을 공주의 처소에 가져다 놓으라고 명했다. 시간이 날 때 가서 공주와 함께 선물들을 자세히 살펴볼 심산이었다. 그리고 이 명령은 환관들의 수장이 책임지고 그 자리에서 즉시 시행했다.

흑인 및 백인 노예 80명에 대한 처분도 내려졌다. 술탄은 궁궐 내부로 이들을 들인 얼마 뒤에 공주에게 이들의 화려한 용모를 자랑하고 나서 처소 앞으로 불렀다. 그리하여 공주는 블라인드를 통해 이들을 보았고, 술탄의 말이 전혀 과장이 아니라는 사실을 알게 됐다. 심지어 아버지의 말은 실제보다 훨씬 더 축소된 것이었다.

한편, 집으로 돌아간 알라딘의 어머니는 분위기부터 좋은 소식을 가져왔다는 냄새가 풍겼다. 어머니가 말했다. "애야, 맘껏 기뻐해도 될 거 같구나! 내 예상과 달리 결국 네 소원이 이루어졌단다! 내 말이 무슨 뜻인지 알겠느냐? 네 문제를 너무 오래 끌지 않기 위해 술탄께서는 조정의 모든 신료들이 환호하는 가운데 네가 공주와 혼인할 만한 자격을 가졌다고 선언하셨단다. 이제 술탄과의 접견에 대비하는 건 네 몫이란다. 술탄께서 네 인격을 높게 평가하시는 만큼, 접견 때에도 기대에 부응해야 한다. 하지만 지금껏 네가 부린 요술들을 봤을 때, 이 또한 전혀 부족함이 없을 거라는 확신이 드는구나. 한 가지 더 이야기할 건 술탄께서 너를 애타게 기다리고 계신다는 점이란다. 그러니 지체 없이 술탄을 알현하러 가거라."

공주 생각에 온통 사로잡혀 있던 알라딘은 이 소식에 무척이나 기뻤으나, 별다른 말을 하지 않고 자신의 방으로 갔다. 알라딘은 지금까지 필요로 하는 모든 것과 원하는 모든 것을 친절하게 다 들어준 램프를 집어 들었다. 알라딘이 램프를 문지르자마자 램프의 정령은 복종을 맹세하며 지체 없이 모습을 드러냈다. 알라딘이 말했다. "정령이여, 잠시 후 나를 목욕 재개시켜 달라고 불렀느니라. 그리고 난 후, 그 어떤 군주도 입은 적 없는 화려하고 값비싼 옷을 입혀다오." 말이 끝나기가 무섭게 램프의 정령은 알라딘을 눈에 안 보이게 만든 뒤, 목욕탕으로 옮겨 주었다. 목욕탕은 온통 대리석으로 되어 있었으며, 세상에서 가장 아름답고 다채로운 형형색색으로 이루어져 있었다. 알라딘은 널찍하고 무척 깨끗한 홀에서 부지불식간에 옷이 벗겨진 뒤, 알맞은 온도의 욕조 안으로 옮겨졌다. 그는 이런저런 향기가 나는 물에 씻기고, 칸칸 별로 다른 온도의 물속에 들어갔다 나왔다. 그리고 난 뒤, 목욕탕에서 나온 알라딘은 들어갈 때와 완전히 달라졌다. 피부 빛깔은 하얗고 상큼하며 발그스레하였고, 몸은 훨씬 더 가볍고 상쾌했다. 알라딘이 널찍한 홀로 들어가자 이전에 입고 왔던 옷 대신 램프의 정령이 정성껏 마련해 둔 옷이 놓여 있었다. 알라딘은 새 옷이 너무나도 훌륭하여 놀라움을 금치 못했다. 옷을 입으면서도 구석구석 상상을 초월하는 화려함에 감탄했다. 램프의 정령은 알라딘이 옷을 다 입자 원래 있던 방으로 데려다 주었다. 그리고 다른 요구 사항은 더 없는지 물어보았다. 이에 알라딘이 대답했다. "아직 부탁할 게 더 남아 있다. 술탄이 가진 가장 훌륭한 말보다 더 멋있고 좋은 말을 한 필 최대한 빨리 가져오너라. 마의, 안장, 굴레, 마구 일체는 백만 냥 이상짜리여야 한다. 또한 이와 동시에 지난번에 선물을 들고 갔던 노예들만큼 민첩하고 화려하게 차려입은 노예 스무 명을 데려다 달라. 내 양 옆과 뒤를 따르게 할 것이다. 그리고 또 다른 스무 명은 내 앞에 두 줄로 나란히 걸어가게 할 것이다. 또한 시중을 들 시녀 여섯 명을 어머니께 보내 드려라. 시녀 한 사람 한 사람은 최소한 바드룰부두르 공주의 시녀들만큼 화려한 옷을 입고 있어야 하며, 왕비님이 입는 옷만큼 화려하고 근엄하며 완벽한 옷을 한 벌씩 들고 있어야 한다. 그리고 금화 만 냥을 넣은 돈주머니 열 개가 필요하다. 이번 명령은 여기까지이다. 가서 신속히 명령을 이행하라."

알라딘이 명령을 내리자마자 램프의 정령은 모습을 감추었고, 얼마 후 말 한 필과 함께 각각 금화 천 냥이 든 돈주머니를 든 10명을 포함한 노예 40명, 각각 알라딘의 어머니가 입을 옷 한 벌씩을 은색 천에 싸서 든 여자 노예 여섯 명을 데리고 나타났다. 램프의 정령은 이 모든 것을 알라딘에게 보여 주었다.

 알라딘은 돈주머니 네 개를 집어 필요할 때 쓰시라며 어머니에게 드렸다. 남은 돈주머니 여섯 개는 노예들이 들고 가게 했다. 그리고 노예들에게 명하길, 술탄의 궁으로 가는 도중에 주머니의 돈을 한 줌씩 집어 길거리의 사람들에게 나눠 주라고 하였다. 또한 왼쪽과 오른쪽에 각각 세 명씩을 대동하고 앞장서서 걷게 하였다. 어머니에게는 여자 노예 여섯 명을 소개하며 시중을 들어 드릴 것이라고 설명하고, 이들의 주인으로서 노예들을 부리시라고 이야기했다. 그리고 이 여자 노예들이 가져온 옷들도 모두 어머니가 입으실 옷이라고 말했다.

 알라딘은 모든 채비를 마친 뒤 램프의 정령에게 차후 필요할 때 다시 부르겠노라고 말한 뒤 쉬라고 했고, 이 말이 끝나자마자 정령은 모습을 감추었다. 알라딘은 자기를 보고 싶다는 술탄의 뜻에 가급적 빨리 답해야겠다는 생각밖에 없었다. 노예들이 다 비슷비슷하여 어느 누구를 보냈는지 자세히 말할 수는 없지만, 40명의 노예 가운데 한 명을 서둘러 궁으로 보내면서, 시종장에게 가서 언제쯤 술탄의 발밑에 엎드려 간청드리는 영광을 얻을 수 있을지 여쭈어 보라고 하였다. 노예는 지체 없이 명령을 이행하였고, 술탄이 조급하게 알라딘을 기다리고 있더라는 답변을 가지고 돌아왔다.

　알라딘은 더 이상 지체하지 않고 말 위에 올라 예정된 수순으로 행진을 시작했다. 알라딘은 아직까지 한 번도 말을 타 본 적이 없었지만, 처음 치고는 꽤 능숙해 보여서 아무리 노련한 기사라고 해도 풋내기 취급할 수는 없을 정도였다. 알라딘이 지나가는 길들은 거의 순식간에 수많은 군중들로 가득 찼다. 환호하는 군중들은 돈주머니를 든 여섯 명의 노예들이 왼쪽 오른쪽으로 금화를 한줌씩 집어던질 때마다 축복과 경외의 탄성을 내질렀다. 하지만 이 같은 환호성은 서로 밀치고 싸우며 고개를 숙여 금화를 주우려던 사람들에게서 나온 것이 아니었다. 이는 바로 하층민에 가까운 사람들이 내는 소리였다. 알라딘의 관대함에 대놓고 환호를 보내지 않을 수 없었던 것이다. 알라딘이 지금보다 더 어렸을 때 거리에서 부랑아처럼 놀던 모습을 기억하는 사람들은 그를 알아보지 못했고, 그를 본 지 그렇게 오래되지 않은 사람들조차 알아보기 힘들었다. 외양이 너무도 많이 달라졌기 때문이다. 이는 알라딘이 램프를 가졌기 때문에 생긴 변화였다. 램프를 소유한 자들은 램프를 올바르게 사용함에 따라서 그에 걸맞은 완벽함을 서서히 얻게 된다. 따라서 사람들은 알라딘의 화려한 행렬보다는 알라딘이라는 사람에게 더 많은 관심을 가졌다. 행렬의 화려함은 같은 날 술탄께 선물을 가져갈 때 본 노예들의 행렬에서 이미 맛 본 사람들이 대부분이었기 때문이다. 그럼에도 불구하고 알라딘이 탄 말은 그 남다른 아름다움을 구별할 줄 아는 전문가들로부터 칭송을 받았다. 이들은 단지 말에 얹힌 수많은 다이아몬드나 그 외 보석 장식들의 화려함에 현혹되지도, 말의 값비싼 가격에 현혹되지도 않았다. 말 자체의 훌륭함을 알아보았던 것이다. 술탄이 알라딘에게 바드룰부두르 공주를 신부로 내줄 것이라는 소문도 파다하게 퍼졌다. 알라딘이 어느 가문 출신인지는 안중에도 없던 사람들은 누구도 그의 재산이나 그 같은 신분 상승에 대해 시기하지 않았다. 알라딘이 충분히 그럴 자격이 있는 사람으로 보였기 때문이다.

　알라딘은 술탄의 궁전에 도착했다. 알라딘을 맞이하기 위한 준비는 모두 끝난 상태였다. 알라딘이 제2정문을 통과했을 때, 총리대신이나 군 장성, 최고위급 지방 총독들이 으레 그러는 것처럼 자신도 말에서 내려 걸으려 하였다. 하지만 술탄의 명령에 따라 기다리고 있던 시종장이 이를 저지하여 어전 회의실 부근까지 가서야 말에서 내리는 걸 도와주었다. 알라딘은 시종장이 힘들까 봐 도와주겠다는 손을 한사코 거절했으나, 그의 주인이 아니었으므로 뜻을 꺾을 수는 없었다. 회의실 입구에는 시종들이 이열 종대로 늘어서 있었다. 시종장은 알라딘을 자신의 오른쪽 가운데에서 걸어가도록 하여 술탄의 옥좌가 있는 곳까지 안내했다.

　술탄은 지금껏 자기도 입어 본 적 없는 화려하고 값비싼 옷차림을 한 알라딘을 보고 놀라지 않을 수 없었다. 알라딘의 선한 표정과 훤칠한 키, 그 전에 자기 앞에 왔던 그 어머니의 미천한 모습과는 거리가 먼 위엄 있는 분위기 등에도 당혹감을 금치 못했다. 술탄은 놀라움과 당혹감에 사로잡힌 나머지 자리에서 일어나지 않을 수 없었고, 옥좌에서 두세 걸음 아래로 내려가 발밑에 엎드리려는 알라딘을 일으켜, 넘치는 호의의 표시로 껴안았다. 이 같은 인사 뒤에 알라딘은 다시 술탄의 발밑에 엎드려 절을 하려 하였으나, 술탄이 알라딘의 팔을 잡아끌며 위로 올라가서는 총리대신과의 사이에 앉혀 버렸다.

그때 알라딘이 입을 열었다. "폐하, 폐하께서 기꺼이 이렇듯 자비를 베풀어 환대를 해주심에 몸 둘 바를 모르겠습니다. 폐하의 신민으로 태어난 소인은 폐하의 힘이 얼마나 크신지 알고 있으며, 지엄하신 폐하의 광채와 광휘 아래 소인의 처지가 얼마나 미천한지 모르지 않습니다. 다만 제가 이토록 호의 가득한 대접을 받을 만한 구석이 있다면, 그건 순전히 어떤 우연의 힘으로 말미암아 제 안에 생겨난 대담함 때문이 아닐까 합니다. 감히 지엄하신 공주님을 원할 만큼 저 높은 곳을 바라보고 그 엄청난 생각을 하며 이 어마어마한 욕심을 품었기 때문입니다. 폐하, 부디 제 무모함을 용서해 주시길 간절히 바라옵나이다. 허나 제 소원이 이루어지리란 기대를 잃어버린다면, 소인은 극심한 고통에 저세상 사람으로 사라져 버릴 지도 모릅니다."

이에 술탄이 다시 한 번 알라딘을 껴안으며 대답했다. "여보게, 단 한 순간도 짐의 말에 담긴 진실성을 의심해서는 아니 될 터. 이제 자네의 목숨은 내게도 너무 소중하여 자네에게만 국한된 게 아니라네. 짐이 모든 수단을 동원하여 자네 목숨을 구할 것이야. 자네의 재물이 더해진 내 재산을 보기보다는 자네를 만나 자네의 이야기를 더 듣고 싶군, 그래."

이렇게 말한 술탄이 신호를 보내자 곧 나팔소리와 오보에 소리, 팀파니 소리가 길게 울려 퍼졌다. 이와 함께 술탄은 알라딘을 데리고 화려한 연회장으로 갔는데, 그곳에는 훌륭한 축하연이 준비되어 있었다. 술탄은 알라딘하고만 식사를 같이 했다. 총리대신과 궁정 귀족들은 각자 서열과 격에 따라 알라딘과 술탄의 곁에서 들러리를 섰다. 술탄은 시종일관 알라딘에게서 눈을 떼지 못했고, 그를 만나 너무 기쁜 나머지 여러 가지 다양한 안건에 대한 발언을 제외시켰다. 식사 중 이런저런 주제에 대해 나눈 대화에서, 알라딘은 뛰어난 식견과 현명한 시각으로 이야기를 풀어 갔고, 술탄은 그에 대한 좋은 인상을 더욱 확신했다.

식사가 끝나자, 술탄은 도성 내 최고의 판관을 불러들여 당장 바드룰부두르 공주와 알라딘의 혼인 서약을 체결하고 서명하도록 했다. 그러는 동안 술탄은 총리대신 및 궁정 귀족들을 대동하고 알라딘과 함께 여러 가지 잡담을 나누었다. 총리대신과 궁정 귀족들은 알라딘의 확고한 신념에 감탄하고 그토록 청산유수같이 견해를 피력하는 능력에 놀랐으며, 말하는 중간중간 능수능란하게 곁들이는 생각들에도 탄복했다.

판관이 정해진 양식대로 혼인 서약을 마무리하자 술탄은 알라딘에게 그날 결혼식 축하연이 끝날 때까지 궁에 머물고 싶은지 물었다. 그러자 알라딘이 대답했다. "폐하, 폐하께서 베풀어 주시는 하해와 같은 자비로움을 만끽하고 싶은 마음 간절하오나. 바라옵건대 소인이 공주님의 품위와 격의에 걸맞은 궁전을 하나 지어 그곳에서 공주님을 맞이할 수 있을 때까지 부디 결혼식 축하연을 미루어 주옵소서. 하오니 이를 위해 폐하의 영토 내에 적절한 부지 하나를 마련해 주시어 소인이 폐하의 총애를 살 수 있을 만한 거리에 있도록 해주시옵소서. 부지런히 일하여 가능한 한 빨리 공사가 마무리될 수 있도록 최선을 다하겠나이다." 술탄이 알라딘에게 말했다. "자네가 적절하다고 생각되는 곳을 쓰게나. 짐의 궁 앞에는 굉장히 큰 공터가 있네. 그리고 짐도 이미 이 공간을 무언가로 채워야겠다고 생각했던 터라네. 다만 자네와 내 딸이 하루 빨리 하나가 되는 모습을 보는 게 짐의 기쁨이란 사실을 명심하게." 이렇게 말을 끝낸 술탄은 알라딘을 다시 한 번 껴안아 주었다. 알라딘은 마치 궁에서 자라고 늘 거기에서 지내왔던 것처럼 공손하게 예를 갖춘 뒤 그곳에서 물러 나왔다.

알라딘은 다시 말에 올라 집으로 돌아갔다. 궁에 왔을 때와 똑같은 순서로 되돌아가면서, 다시 환호하는 군중들 속을 지나갔다. 사람들은 모두들 알라딘에게 행복하게 잘 살라며 온갖 축복의 말을 내던졌다. 알라딘은 집으로 돌아와 땅에 발을 내려놓자마자, 방으로 들어가 램프의 정령을 불러냈다. 램프의 정령은 지체 없이 나타나 소원을 받들 준비가 되어 있다고 말했다. 이에 알라딘이 말했다. "정령이여, 지금까지 내가 요구한 것을 성실히 이행한 네 정확함을 램프의 주인으로서 치하하겠노라. 이번에는 내 사랑을 달성하기 위해 네가 지금껏 보여 주었던 것보다 더 열심히 성심껏 힘을 발휘해 주어야겠구나. 따라서 가능한 한 빠른 시일 내에 술탄의 궁 맞은편에 정확한 거리를 두고 내가 아내를 맞이할 궁전을 하나 지어다오. 재료는 네 자유로 맡겨 두겠다. 즉, 반암, 벽옥, 마노, 유리, 다채로운 고급 대리석 등 여러 가지 건축 재료를 마음대로 사용하라. 단, 궁전의 가장 높은 곳에는 돔 천장의 커다란 정방형 거실을 올려다오. 그 밑동은 묵직한 금과 은이 가로질러 놓여야 하고, 한 면에 여섯 개씩 스물 네 개의 십자창이 달려 있어야 한다. 각 십자창의 덧문은 하나만 미완성으로 남겨 두고 나머지는 전부 세상에서 한 번도 본적 없이 아름다운 다이아몬드, 루비, 에메랄드 등으로 대칭적이고 아름답게 장식해야 한다. 이 궁전은 앞뜰과 안뜰, 정원으로 이루어져야 하며, 이들 각각의 정원에 금화와 은화로 가득 찬 금고를 마련한 뒤, 그 장소를 내게 말해 달라. 또한 궁전 안에는 여러 개의 주방과 찬방, 창고가 있었으면 좋겠고, 궁전의 위엄에 맞게 어느 계절이든 가져다 쓸 수 있는 귀중한 가구들이 가득한 가구 창고도 갖추기를 바란다. 마구간은 훌륭한 말들로 가득 차 있어야 하고, 교관사와 마부도 있어야 한다. 물론 사냥 장비도 갖추어져 있어야 한다. 아울러 주방과 찬방을 담당하는 시종들이 있어야겠고, 공주의 시중을 드는 데에 필요한 시녀들도 있어야 한다. 내 뜻이 무엇인지 알았다면, 이제 가거라. 그리고 모든 게 다 마무리됐을 때 다시 오라."

알라딘이 램프의 정령에게 자신이 상상한 궁전의 건축을 맡기고 나자, 곧 해가 저물었다. 다음 날 이른 아침, 공주에 대한 생각으로 좀처럼 잠을 이룰 수 없었던 알라딘이 가까스로 몸을 일으켰을 때, 램프의 정령이 나타나 말했다. "램프의 주인이여, 궁전이 모두 완성되었도다. 궁전이 마음에 드는지 와서 보라." 알라딘이 이를 보고 싶다고 말하는 순간, 램프의 정령이 순식간에 궁전이 있는 곳으로 옮겨다 주었다. 알라딘은 자신이 바랐던 이상으로 훨씬 더 훌륭하게 지어진 궁전을 보고 감탄해 마지않았다. 램프의 정령은 이곳저곳으로 알라딘을 안내했다. 어딜 가든 화려하고 깨끗하고 으리으리했으며, 잘 차려입은 시종들과 시녀들이 각자의 업무에 따라 적재적소에 배치되어 가지런히 줄을 맞춰 서 있었다. 램프의 정령은 금고를 보여 주는 중요한 과제 또한 잊지 않았다. 금고지기가 문을 열어 준 금고 안에는 수많은 돈다발이 있었다. 돈다발은 들어 있는 돈의 양에 따라 크기가 제각각이었고, 높이는 천정에까지 닿을 정도였다. 가지런히 정리되어 있는 그 모습에 알라딘은 매우 흡족했다. 밖으로 나오면서 램프의 정령은 금고지기의 충직함에 대해 설명하며 알라딘을 안심시켰다. 이어 램프의 정령은 알라딘을 마구간으로 데려갔다. 그곳에는 세상 그 어떤 말보다 더 훌륭한 말들이 있었으며, 마부들이 분주하게 먹이를 주고 있었다. 이어 램프의 정령은 말을 꾸미거나 먹이는 데에 필요한 온갖 물품들로 가득한 창고를 보여 주었다.

알라딘은 위에서 아래까지 각 처소와 방들을 거쳐 궁궐을 모두 다 둘러봤다. 특히 스물네 개의 십자창이 달린 거실도 빠짐없이 돌아보았다. 이곳은 화려하고 웅장했으며, 알라딘이 주문한 것보다 많은 온갖 가구들이 갖춰져 있었다. 알라딘이 램프의 정령에게 말했다. "정령이여, 이보다 더 만족스러울 수는 없겠다. 불평한다면 그건 내가 어딘가 잘못된 것일 터, 다만 딱 한 가지 깜빡하고 말하지 않았던 게 있다. 술탄의 궁궐 정문에서부터 이 궁궐 안 공주의 처소 정문까지 가장 아름다운 벨벳 양탄자를 깔아 공주가 그 위로 걸어올 수 있도록 하라." 그러자 램프의 정령은 "곧 다시 돌아오겠다."라고 말한 뒤 사라졌다. 그리고 얼마 후, 알라딘은 도무지 어떻게 했는지는 모르겠으나 자신이 원했던 것이 실제로 이루어진 걸 보고 놀라움을 금할 길이 없었다. 이어 램프의 정령이 나타나 알라딘을 다시 집으로 데려다놓았던 그때, 술탄의 궁 정문이 열렸다.

궁궐의 문을 연 수문장들은 알라딘의 궁전이 있는 곳을 보고 놀라움을 금치 못했다. 경계가 지어져 있는 알라딘의 궁전을 보고도 놀랐고, 저쪽 궁전에서부터 술탄이 사는 궁전의 문까지 깔린 벨벳 양탄자를 보고도 놀랐다. 처음에는 뭐가 뭔지 감을 잡을 수 없었으나, 알라딘의 멋진 궁전을 분명히 알아보고 난 뒤에는 놀라움이 더욱 커졌다. 이 놀라운 마술 같은 소식은 순식간에 궁궐 전체로 퍼져 나갔다. 거의 궁궐의 문이 열릴 때쯤 도착한 총리대신도 다른 사람 못지않게 이 새로운 궁궐의 존재에 놀랐다. 총리대신은 제일 먼저 이 소식을 술탄에게 알렸고, 이를 마법의 힘으로 여기게 하고 싶었다. 그러자 술탄이 말했다. "대신, 어째서 그대는 이게 마법이길 바라는가? 이는 그대가 있는 앞에서 짐의 윤허를 받아 알라딘이 공주를 위해 만든 궁전이라는 사실을 짐보다 더 잘 알지 않은가? 앞서 알라딘의 재산에 대해 일부를 미리 맛보았던 우리일진대, 이렇게 짧은 시간 안에 이 궁궐을 지은 것이 이상한 일인가? 알라딘은 돈으로 이렇게 하루아침에 뚝딱 기적을 만들 수 있다는 걸 보여 주고 우리를 놀라게 하려던 걸세. 마법이니 뭐니 하는 건 자네의 시기심에서 비롯되었음을 인정하게나." 이어 회의에 들어갈 시간이 되었기 때문에, 술탄은 총리대신이 이에 대해 계속 왈가왈부하지 못하도록 막아섰다.

집으로 옮겨진 알라딘은 정령을 램프로 돌려보냈다. 그때 알라딘의 어머니는 자리에서 일어나 아들이 가져다준 옷을 차려입기 시작했다. 술탄이 회의를 막 마치고 나오려는 즈음, 알라딘은 어머니에게 정령이 보내 준 시녀들과 함께 술탄의 궁으로 갈 채비를 하도록 했다. 알라딘은 술탄을 만나거든 저녁 무렵에 공주님이 자신의 궁으로 들어갈 준비가 되면 수행하는 영광을 가져도 될지 여쭈러 왔다고 분명히 말해 달라고 했다. 이어 알라딘의 어머니가 집을 나섰다. 그런데 알라딘의 어머니와 뒤를 따르는 시녀들이 모두 왕비 못지않은 옷차림을 하고 있었으나 베일로 몸을 가리거나 외투로 화려한 옷차림을 덮고 있었던 만큼, 이들을 구경하려는 군중들은 더 적었다. 알라딘은 말에 올라 타 다시는 돌아오지 않을 아버지의 집을 나섰다. 자신이 지금과 같은 절정의 행복에 오르는 데에 큰 힘이 된 요술램프도 잊지 않고 챙겼다. 그런 뒤 이 전날 술탄을 알현하러 갈 때와 마찬가지로 성대한 행렬과 함께 정식으로 궁궐을 방문했다.

 술탄의 궁궐 문을 지키는 수문장들은 알라딘의 어머니를 보자마자 술탄에게 알렸다. 곧 궁궐 테라스 곳곳에서 대기 중이던 트럼펫, 팀파니, 피리, 오보에 고적대에게 명령이 내려졌고, 일순간에 팡파르와 합주 소리가 울려 퍼지면서 온 도성 내에 기쁜 소식을 전했다. 상인들은 아름다운 융단과 쿠션, 나뭇잎 등으로 가게를 꾸미고, 밤이 되면 밝힐 조명 장식도 꾸미기 시작했다. 장인들은 일손을 놓았고, 사람들은 분주히 발걸음을 재촉하며 술탄의 궁과 알라딘의 궁 사이에 있는 커다란 광장으로 모였다. 알라딘의 궁전은 일단 사람들의 탄성을 자아냈다. 그동안 술탄의 궁전만 익숙하게 봐 온 탓도 있지만, 그와 비교도 안될 만큼 성대하고 화려하기 때문이기도 했다. 그런데 이들이 가장 놀란 이유는 전날만 해도 건축 자재도 없고 건축 기반도 마련되지 않았던 그곳에 어떤 귀신같은 조화로 그렇게 훌륭한 궁궐이 생기게 되었는지 도무지 이해할 수 없었기 때문이다.

알라딘의 어머니는 정중히 궁 안으로 모셔졌고, 이어 환관부 수장이 바드룰부두르 공주의 처소로 안내했다. 공주는 알라딘의 어머니를 보자마자 달려가 껴안은 뒤, 자신의 소파에 앉을 자리를 마련해 주었다. 시녀들이 공주에게 옷을 입히고 알라딘이 선물해 준 값비싼 패물들로 몸치장을 해주는 동안, 공주는 알라딘의 어머니에게 훌륭한 간식거리를 내주었다. 공주가 알라딘의 궁으로 들어가기 전에 가능한 한 더 오랫동안 딸의 곁에 있고 싶었던 술탄 또한 공주의 처소로 와서 알라딘의 어머니를 극진히 대접했다. 알라딘의 어머니는 수차례 사람들 앞에서 술탄에게 이야기를 하였으나 그때마다 늘 베일을 쓰고 있었기 때문에, 술탄 또한 베일을 벗은 모습은 처음 보았다. 이제는 꽤 나이가 들었지만, 그 이목구비를 뜯어보면 젊었을 적에 패나 미인이었을 거라고 짐작하고도 남았다. 술탄은 남루한 정도는 아니지만 그동안 늘 무척 간소하게 차려입은 그녀만을 보다가 이렇게 공주

만큼 화려하고 근사하게 차려입은 모습을 보자 감탄을 금치 못했다. 이에 따라 술탄은 알라딘이 신중하고 사려 깊으며 모든 면에 정통한 사람이라는 생각까지 하게 되었다.

밤이 되자 공주는 아버지인 술탄의 곁을 떠나게 되었다. 두 사람은 울먹이며 다정한 이별의 인사를 나누었다. 아무 말 없이 여러 차례 부둥켜안은 끝에, 결국 공주가 술탄의 처소를 나와 알라딘의 어머니를 왼편에 대동한 채 행진을 시작했다. 뒤에는 놀라울 정도로 잘 차려입은 시녀 백 명이 따르고 있었다. 알라딘의 어머니가 온 뒤로 연주를 멈추지 않았던 모든 고적대가 한데 모여 행진을 시작했다. 백 명의 시종들과 백 명의 환관들이 두 줄로 그 뒤를 따랐다. 사백 명의 시동들은 두 개의 무리로 나뉘어 양쪽 가장자리에서 행진하였으며, 손에는 각자 불을 들고 술탄의 궁과 알라딘의 궁에 조명을 밝혔다. 이들이 밝힌 불빛은 온 천지를 낮처럼 환하게 환상적으로 비추어 주었다.

이런 가운데, 공주는 술탄의 궁에서 알라딘의 궁까지 이어진 카펫 위를 걸어갔다. 공주가 알라딘의 궁에 가까워질수록, 행진의 선두에서 연주하던 악기들은 알라딘의 궁전 테라스 위에서 연주하던 악기들과 점점 가까워지며 환상의 하모니를 만들어 냈다. 이에 따라 군중들로 가득 찬 광장에서나 양쪽 궐내에서나 도시 전체에서나 기쁨이 더욱 고조되었으며, 이는 마을 너머까지 퍼져 나갔다.

이윽고 공주가 새 궁전에 도착했다. 알라딘은 상상할 수 없을 정도로 기쁜 마음으로 공주의 처소 입구로 뛰어나가 맞이했다. 알라딘의 어머니는 시종들이 둘러싼 가운데 공주에게 아들을 조심스레 소개했다. 공주는 알라딘을 보고 너무 멋지다고 생각하여 그에게 매료되었다. 알라딘은 공주에게 다가가 정중하게 인사하며 말했다. "사랑스러운 공주님, 술탄의 따님으로서 이토록 사랑스러운 공주님을 제 품에 안고 싶다는 무모한 발상을 한 것으로 언짢게 해드렸다면, 원망하셔야 할 것은 제가 아니라 공주님의 아름다운 두 눈과 한없는 매력이라 감히 말씀드리고 싶습니다." 이에 공주가 대답했다. "왕자님, 현재로서는 이렇게 불러도 될 것 같습니다만, 제 아버지이신 술탄의 뜻에 따르는 소녀, 당신의 모습을 본 것만으로도 충분히 아버님의 뜻을 따를 수 있을 듯합니다."

알라딘은 자신에 대해 이토록 만족스럽고 훌륭한 대답을 들은 것에 기분이 좋아져서 아직 익숙지 않은 길을 걸어온 공주가 오래 서 있도록 내버려 두지 않았다. 알라딘은 공주의 손을 잡고 한없이 기쁜 표정으로 입을 맞추었고, 이어 수많은 촛불이 켜져 있는 커다란 거실로 안내했다. 그곳에는 정령의 힘으로 근사한 연회상이 차려져 있었다. 모두 묵직한 금으로 되어 있는 접시에는 맛 좋은 고기들이 가득 담겨 있었다. 대접, 쟁반, 유리잔 등도 모두 세련된 디자인의 금 재질이었으며, 훌륭한 음식들이 정성껏 담겨 있었다. 그밖에 다른 실내 장식들도 이 호화로움에 걸맞게 잘 어우러져 있었다. 공주는 이토록 한 장소에 호화로운 장식들이 모여 있는 것을 보고 무척 기뻐하며 말했다. "왕자님, 지금껏 아바마마의 궁전에 있는 것보다 더 훌륭하고 아름다운 건 없다고 생각했는데, 이 거실 하나만 봐도 제 생각이 틀렸다는 걸 알 수 있네요." 이에 알라딘은 테이블 앞에 마련된 자리에 공주를 앉히면서 대답했다. "공주님, 과찬의 말씀이옵니다만, 소인이 제 주제에 맞게 알아서 해석하도록 하겠습니다."

바드룰부두르 공주와 알라딘, 알라딘의 어머니는 테이블 앞에 자리를 잡고 앉았다. 그러자 곧 빼어난 미모의 여성 합창단이 나타나 합주단의 연주에 맞추어 굉장히 아름다운 목소리로 지극히 감동적인 하모니의 공연을 시작했고, 이는 식사가 끝날 때까지 이어졌다. 이에 반한 공주는 지금껏 술탄의 궁에서는 이렇게 훌륭한 노래를 한 번도 들어본 적이 없다고 말했다. 공주는 이 여성들이 바로 램프의 정령이 엄선한 선녀들이었다는 사실을 몰랐다.

식사가 끝나고 하인들이 부지런히 상을 거둬가자, 이번에는 남녀 무용단이 등장했다. 이들은 관례에 따라 여러 가지 피겨 댄스를 추었고, 마지막에는 남녀 무용수 한 명씩만 남아 놀랍도록 가볍게 사뿐사뿐 춤을 추며 최대한 우아하고 솜씨 좋은 몸짓을 나타냈다. 자정이 가까워질 즈음, 알라딘은 당시 중국의 관행에 따라 공주에게 손을 내밀어 춤을 청해 함께 추고 피로연의 막을 내리고자 했다. 두 사람은 너무나도 좋은 분위기로 춤을 추어 지켜보던 이들의 감탄을 자아냈다. 알라딘은 자리를 마무리하면서, 공주의 손을 놓지 않은 채 첫날밤을 위한 침대가 마련된 처소로 들어갔다. 시녀들은 공주가 옷 벗는 걸 도와준 뒤 침대에 뉘었고, 알라딘의 시종들도 같은 시중을 든 뒤 모두 방에서 물러갔다. 알라딘과 바드룰부두르 공주의 결혼식과 피로연은 이렇게 끝이 났다.

다음 날, 알라딘이 눈을 뜨자 하인들이 나타나 옷 입는 것을 도와주었다. 이들은 알라딘에게 결혼식 때 입었던 옷 못지않게 화려하고 근사한 옷을 입혀 주었다. 이어 알라딘은 전용 말들 가운데 한 필을 데려오게 하여 그 위에 올라타고, 양 옆과 앞뒤로 수많은 하인들을 대동하고 한가운데 길로 가서 술탄의 궁으로 들어갔다. 술탄은 알라딘과 처음 만났을 때와 마찬가지로 반갑게 인사를 하며 맞아 주었고, 그를 한 번 껴안은 뒤 옥좌 위의 자기 곁에 앉혔다. 그리고 조찬을 내오라고 명령했다. 알라딘이 술탄에게 말했다. "폐하, 원컨대 폐하께서 총리대신 및 궁정 귀족들과 함께 공주님의 궁에 한 번 들러 주시는 영광을 내려 주시옵소서." 술탄은 흔쾌히 알라딘의 청을 받아들이고 곧 자리에서 일어났다. 가는 길이 그리 멀지 않았기에 술탄은 직접 걸어서 가고 싶어 했다. 따라서 오른편에 알라딘을, 왼편에 총리대신을 대동하고 귀족들에게 뒤를 따르게 한 뒤 주요 시종들과 중신들을 앞세우고 알라딘의 궁으로 향했다.

　알라딘의 궁에 가까워질수록 술탄은 궁전의 훌륭한 모습에 크게 놀랐다. 하지만 안으로 들어가자 상황은 또 달랐다. 방 하나하나를 볼 때마다 술탄의 입에서는 탄성이 절로 흘러나왔다. 그러다 알라딘의 안내에 따라 스물네 개의 십자창이 있는 거실에 이르렀을 때, 화려한 장식들이 눈에 들어왔다. 술탄은 특히 다이아몬드와 루비, 에메랄드로 잔뜩 장식이 된 덧문에 눈이 갔다. 모두 균형이 잘 잡힌 크기에 더할 나위 없이 완벽한 보석들이었다. 알라딘이 외관도 마찬가지로 화려하게 장식이 되어 있다는 사실을 짚어 주자 술탄은 너무 놀란 나머지 꼼짝도 못할 지경이었다. 술탄은 잠시 그 상태로 멈춰 있다가 곁에 있던 총리대신에게 말했다. "대신, 짐의 왕국에서 짐의 궁궐 지척에, 짐이 여태껏 몰랐던 이토록 멋진 궁전이 있다는 게 가능한 일인가?" 그러자 총리대신이 말했다. "폐하, 그저께 폐하께서는 이제 막 사위가 된 알라딘에게 폐하의 궁 앞에 알라딘의 궁을 세우는 걸 수락하셨사옵니다. 그날 해가 질 때만 해도 이곳에는 아무런 궁전도 없었습니다. 그리고 어제, 저는 궁전이 완성됐다는 사실을 제일 먼저 폐하께 아뢰었습니다." 이에 술탄이 말했다. "그에 대해서는 잘 기억하고 있느니라. 하지만 이 궁전이 마술의 조화라고는 결코 생각할 수 없도다. 저렇게 돌이나 대리석도 아니고, 묵직한 금과 은을 토대로 세워진 걸 세상 그 어디에서 또 찾아볼 수 있단 말이냐? 게다가 십자창의 덧문에는 다이아몬드와 루비, 에메랄드가 널려 있지 않은가? 세상 그 어디에서도 이 비슷한 건 들어본 적도 없도다!"

술탄은 스물네 개 덧문을 조금 더 보고 그 아름다움을 찬미하고 싶었다. 덧문을 하나하나 세어 보던 술탄은 그 가운데 스물세 개만이 그토록 화려하게 장식되어 있다는 사실을 깨달았고, 나머지 하나는 아직 미완성 상태인 걸 보고 크게 놀라며 곁에 있던 총리대신에게 말했다. "대신, 이 훌륭한 거실에서 아직 미완성 상태인 이곳을 보고 있자니 놀라움을 금할 길이 없도다." 이에 대신이 대답했다. "폐하, 알라딘이 성급하게 이 궁전을 지은 게 틀림없습니다. 시간이 부족하여 이 십자창을 다른 십자창처럼 만들지 못한 겁니다. 알라딘에게 이를 꾸미는 데에 필요한 보석들이 없을 리 만무하지요. 곧 기회가 되는 대로 마무리 작업을 할 겁니다."

몇 가지 명령을 내리느라 잠시 술탄의 곁을 떠나 있던 알라딘이 그때 다시 돌아왔다. 그러자 술탄이 말했다. "여보게, 사위. 이곳 거실은 세상 모든 사람들의 탄사를 받을 만한 훌륭한 곳이네. 딱 한 가지 짐이 놀랐던 부분은 이 덧문 장식이 아직 미완성 상태라는 걸세. 이곳을 실수로 깜빡했는가, 아니면 일꾼들이 이 더없이 훌륭한 구조물에 마지막 마무리를 할 시간이 없었는가?" 그러자 알라딘이 대답했다. "폐하, 폐하께서 지금 보시는 이 상태로 저 덧문이 남아 있는 이유는 방금 말씀하신 그 어떤 이유 때문도 아닙니다. 이는 의도적이었으며, 일꾼들은 제 명령에 따라 이곳에 손을 대지 않은 것입니다. 저는 폐하께서 이 거실의 인테리어를 마무리해 주시는 동시에, 이 궁궐을 최종적으로 완성시켜 주시길 바랐습니다. 원컨대 소인의 뜻을 헤아리셔서 폐하께서 제게 베풀어 주신 자비와 은총을 간직하게 해 주시옵소서." 이에 술탄이 말했다. "자네가 그런 의도였다면, 내 흔쾌히 그리해 주겠네. 내 지금 곧 이를 위한 명령을 내리도록 하지." 그리고 곧 술탄은 도성 안에서 보석을 가장 많이 보유하고 있는 보석 세공사와 가장 유능한 금은 세공사를 불러들이라고 명령하였다.

거실에서 내려간 술탄은 결혼식날 알라딘이 공주에게 피로연을 대접했던 곳으로 안내됐다. 그리고 얼마 후 공주가 도착했다. 공주는 이 결혼에 대해 무척 만족하는 분위기를 풍기며 술탄을 맞이했다. 두 개의 식탁 위에는 맛있는 음식들이 금 접시에 담겨 차려져 있었다. 술탄은 첫 번째 식탁에서 공주와 알라딘, 총리대신과 함께 식사를 했고, 무척 기다란 두 번째 식탁에서는 궁정 귀족들이 식사를 했다. 술탄은 음식의 맛이 굉장히 훌륭하다고 평했고, 지금까지 이렇게 맛있는 음식은 먹어 본 적이 없다고 털어놨다. 술에 대해서도 극찬을 아끼지 않았는데, 실제로도 술맛은 굉장히 훌륭했다. 특히 술탄이 감탄해 마지않았던 것은 화려한 보석들로 장식된 유리병과 긴 타원형 접시, 묵직한 금술잔 등과 맛있는 음식이 가득 담긴 상차림이었다. 술탄이 매료된 또 한 가지는 바로 합창단의 노랫소리였다. 저 멀리 적당한 거리에서 듣기 좋을 정도로 북, 팀파니, 트럼펫의 팡파르가 울려 퍼지는 동안 거실에서는 아름다운 노랫소리가 들려왔다.

술탄이 식사를 마쳤을 때, 명령한 대로 보석 세공사와 금은 세공사가 도착했다는 소식이 전해졌다. 술탄은 스물네 개의 십자창이 있는 거실로 올라갔다. 그곳에서 뒤따라온 세공사들에게 아직 미완성 상태로 남아 있는 십자창을 보여 주었다. 그리고 이렇게 말했다. "짐이 그대들을 불러들인 이유는 다른 십자창들과 마찬가지로 완벽하게 이 십자창을 마저 꾸미도록 하기 위함이니라. 이곳의 다른 십자창들을 잘 살펴본 뒤, 남은 이 하나도 그에 걸맞은 상태가 되도록 지체 없이 작업하라."

세공사들은 다른 스물세 개의 덧문을 찬찬히 살펴보았다. 이들은 함께 상의하여 각자 자신이 할 수 있는 부분에 대한 합의를 본 후, 술탄에게로 갔다. 왕실 상임 세공사가 술탄에게 말했다. "폐하, 신들은 모든 기술을 다 사용하고 온 정성을 들여 폐하의 뜻에 따를 준비가 되어 있사옵니다. 하오나 전문가로서 일해 온 신들 가운데 이토록 귀한 보석을 가진 자는 아무도 없을 뿐더러, 이렇게 어마어마한 작업에 쓰일 만큼 충분한 양을 확보하고 있는 자도 없사옵니다." 그러자 술탄이 말했다. "보석이라면 짐에게 충분히 있도다. 짐의 궁전으로 오라. 짐의 보석을 보여 줄 테니, 그 가운데에서 골라 가도록 하라."

궁궐로 돌아온 술탄은 자신이 가진 보석을 모두 가져오게 했다. 세공사들은 그 가운데에서 상당 양의 보석을 집었고, 그중 대부분은 알라딘이 선물로 보내 온 보석들이었다. 세공사들은 술탄에게서 받은 보석으로 장식을 해 보았으나, 작업은 크게 진척이 없었다. 이들은 또다시 다른 보석들을 가지러 왔고, 그렇게 여러 차례 반복한 끝에 한 달 정도가 지났으나, 작업은 절반도 끝나지 않았다. 세공사들은 총리대신이 빌려 준 것까지 포함하여 술탄의 보석들을 모두 다 사용했다. 그렇게 해서 이 모든 보석들을 가지고 세공사들이 진행한 작업은 기껏해야 십자창의 절반 정도를 마무리한 게 전부였다.

술탄이 덧문을 다른 스물세 개와 비슷하게 꾸미려고 부질없는 노력을 하고 있으나, 결코 성공하지 못하리란 걸 알고 있었던 알라딘은 세공사들을 불러 작업을 중지하라고 말하고, 그동안 사용했던 보석들을 해체한 뒤, 총리대신에게 빌린 것과 함께 모두 술탄에게 도로 가져다주라고 했다.

세공사들이 6주 넘게 걸려 작업한 것들은 불과 몇 시간 만에 모두 해체되었다. 세공사들이 모두 물러가자, 거실에는 알라딘 혼자만 남게 되었다. 알라딘은 램프를 꺼내들고 문질렀다. 그러자 곧 램프의 정령이 나타났다. 알라딘이 램프의 정령에게 말했다. "나는 네게 이 거실의 덧문 스물네 개 가운데 하나를 미완성 상태로 남겨 두라고 명령했었다. 그리고 너는 명령을 충실히 이행했다. 지금 너를 부른 이유는 이 나머지 하나를 다른 스물세 개처럼 만들어 달라는 소원을 말하기 위해서다." 그러자 램프의 정령이 모습을 감추었고, 알라딘은 거실에서 내려왔다. 그리고 얼마 지나지 않아 다시 거실로 올라가 보니, 남은 덧문 하나도 바라던 대로 나머지 스물세 개와 비슷하게 장식되어 있었다.

그런데 세공사들은 궁으로 가서 술탄을 알현했다. 세공사 대표가 도로 가져온 보석들을 술탄에게 내보이며 모두를 대표하여 고했다. "폐하, 폐하께서 맡겨 주신 작업을 끝마치기 위해 소인들의 모든 기술을 다 동원하여 얼마나 오랜 기간 동안 작업했는지 잘 아실 것이옵니다. 작업이 꽤 진척된 상황이었으나 알라딘이 작업을 중지시킨 뒤, 그동안 작업했던 걸 모두 다 해체하여 이 보석들과 총리대신의 보석들을 도로 가져다 드리라고 했습니다." 술탄은 알라딘이 이들에게 그 이유에 대해 말하였는지를 물어보았다. 세공사들이 그런 부분에 대해서는 아무것도 들은 바가 없다고 대답하자, 술탄은 당장 말 한 필을 가져오라고 명했다. 술탄은 말을 타고 신하 몇 명만 대동한 채 궁을 나섰다. 알라딘의 궁에 도착하자 말에서 내려 스물네 개 십자창이 있는 거실로 올라가는 계단 아래로 갔다. 술탄은 알라딘에게 고하지도 않은 채 거실로 올라갔다. 때마침 그곳에 있던 알라딘은 문에서 가까스로 술탄을 맞이할 수 있었다.

술탄은 왜 연락도 없이 방문하여 알라딘이 예를 갖추지 못하게 했는지 물어볼 틈도 주지 않은 채 말했다. "여보게, 자네의 궁전만큼이나 근사하고 신기한 거실을 어째서 미완성인 채로 두려 하는지 그 이유를 물어보러 왔네."

알라딘은 술탄의 질문에 대해 진짜 이유를 말하지 않았다. 사실 알라딘이 거실을 미완성으로 둔 진짜 이유는 술탄이 그렇게 어마어마한 보석을 내놓을 만큼 충분히 보석을 갖고 있지 않았기 때문이었다. 대신 알라딘은 자신의 궁전이 술탄의 궁전뿐 아니라 세상에 존재하는 다른 모든 궁전들보다 어느 정도로 뛰어난지 일깨워 주고 싶었다. 술탄은 알라딘의 궁전에서 작디작은 한 부분의 장식을 마무리하기도 불가능하지 않았는가. 그리하여 알라딘은 술탄에게 이렇게 말했다. "폐하, 폐하께서 이 거실을 보셨을 때에는 분명 미완성 상태였습니다. 그런데 지금 무언가 부족함이 있는지 한 번 봐 주시길 간절히 바라옵나이다."

술탄은 미완성 상태였던 덧문 쪽으로 곧장 달려갔다. 그런데 다른 창문들과 똑같이 완성된 창문을 보고 자신의 눈을 의심했다. 술탄은 두 군데 십자창만 자세히 살펴본 게 아니라 다른 쪽도 하나하나 살펴보았다. 자신이 그토록 많은 시간을 할애하고 일꾼들이 그토록 오랜 기간 온 힘을 쏟아 부었던 덧문은 그 짧은 시간 동안 완성되어 있었다. 이를 확인한 술탄은 알라딘을 껴안고 미간에 입맞춤을 하며 놀라움을 금치 못한 채 말했다. "여보게, 자네는 도대체 어떻게 된 사람인가? 이렇게 눈 깜짝할 사이에 이 어마어마한 일을 해낸 자네는 대관절 어떤 사람이란 말인가? 세상에 자네 같은 사람은 둘도 없을 걸세. 자네를 알면 알수록 더욱 감탄스럽군!"

알라딘은 무척 겸손하게 칭찬을 받아들였다. 그리고 이렇게 말했다. "폐하, 자비로우신 폐하께 이같이 인정받다니, 소인 무한한 영광이옵니다. 하나하나 점점 더 자격을 갖춘 사람으로 거듭나도록 명심하겠사옵니다."

술탄은 알라딘에게 배웅할 필요가 없다고 말하고 그 길로 다시 왕궁으로 돌아갔다. 궁에는 총리대신이 기다리고 있었다. 술탄은 방금 전 두 눈으로 확인하고 온 이 요술 같은 일에 감탄하여 총리대신에게 이 이야기를 들려주었다. 술탄의 이야기가 사실이라는 데에는 의심의 여지가 없었으나, 알라딘의 궁전이 마술의 조화로 만들어진 것이라는 믿음은 더욱 확실해졌다. 알라딘의 궁이 막 완성됐을 때 총리대신이 이야기했던 의심이 더욱 커진 것이다. 총리대신은 술탄에게 다시 한 번 같은 이야기를 반복해서 아뢰고 싶었다. 그러자 술탄이 총리대신의 말을 끊으며 말했다. "대신, 또 똑같은 소리를 하고 있군, 그래. 자네는 내 딸과 자네 아들의 결혼에 아직도 미련이 남아 있는가 보군."

총리대신은 술탄이 자신에 대해 편견을 갖고 있다는 사실을 깨달았다. 총리대신은 술탄과 등지기 싫어서 그의 믿음을 바꿔 놓으려는 노력을 더 이상 하지 않았다. 매일같이 술탄은 자리에서 일어나자마자 빠짐없이 집무실로 들어갔다. 그곳에 가면 알라딘의 궁이 한눈에 보이기 때문이었다. 그리고 하루에도 몇 번씩 알라딘의 궁으로 가서 찬사를 아끼지 않으며 감탄을 늘어놓았다.

알라딘은 궁 안에만 갇혀서 살지는 않았다. 일주일에 한 번 이상은 도성 안을 보러 나가는 수고를 아끼지 않았는데, 그렇게 궁궐 밖으로 나가서 여기저기 사원에 들러 기도를 올리기도 하고, 틈만 나면 알라딘의 환심을 사려 안간힘을 쓰는 총리대신의 집에 들르기도 했다. 또 어떤 날은 인사차 주요 귀족들의 집에 가거나 그들을 자신의 궁으로 불러 식사 대접을 하는 일도 잦았다. 알라딘은 궁 밖으로 출입할 때면 언제나 자신이 탄 말 주위에서 떼를 이루어 걸어가는 신하들 가운데 두 명에게 사람이 운집한 거리와 광장에다 금화를 한 줌씩 뿌리게 했다. 게다가 궁궐 문 앞으로 찾아오는 걸인 가운데 알라딘의 명령으로 베풀어지는 자비로움에 만족하지 않는 사람이 없었다.

알라딘은 일주일에 적어도 한 번 이상은 도성 주변이나 그 멀리까지 사냥을 나갔기 때문에 그런 식으로 이 마을 저 마을, 길 이곳저곳에 자비를 베풀고 돌아다녔다. 이러한 자비로운 성정 때문에, 알라딘은 온 백성들의 엄청난 축복을 받았다. 백성들이

† 알라딘과 요술램프 †

알라딘에게 머리를 조아리는 일도 흔한 일이 되었다. 알라딘은 술탄의 환심을 사기 위해 갖은 노력을 다 했으므로 술탄의 의심도 받지 않았다. 알라딘은 사람들에게 아낌없이 친절과 자비를 베풀었으므로 온 백성의 사랑을 듬뿍 받았으며, 술탄보다 더 많은 사랑을 받았다 해도 과언이 아니었다. 게다가 알라딘은 나라가 잘 되도록 온갖 노력과 정성을 다하여 사람들에게 꽤 많은 칭찬을 받았다. 가장 두드러졌던 것은 왕국 변경에서 반란이 일어났을 때였다. 알라딘은 술탄이 이를 와해시키려고 군대를 일으키려 한다는 사실을 알고 곧바로 술탄에게 가서 지휘권을 자신에게 맡겨 달라고 부탁했다. 사실 지휘권을 얻을 필요도 없었다. 알라딘이 군대의 수장이 되자마자 부지런히 원정길에 나섰으나, 곧 반란군이 해산됐다는 소식이 술탄에게 전해졌기 때문이다. 알라딘은 이 같은 행동으로 왕국 전체에 이름을 날렸으나 그렇다고 해서 마음가짐이 달라지진 않았다. 그는 개선장군이 되어 돌아왔지만 여전히 전과 다름없이 친절했다.

　알라딘이 이와 같이 명성을 떨치며 살아간 지 몇 해가 지난 그때에 뜻하지 않게 이 엄청난 행운을 알라딘에게 거머쥐게 해주었던 사나이, 아프리카 마법사가 알라딘을 떠올렸다. 고국인 아프리카로 돌아가 그곳에서 지내고 있던 마법사는 자신이 가둬 둔 지하 동굴에서 알라딘이 분명 비참하게 죽었을 것이라고 확신했다. 하지만 이후 알라딘이 결국 어떻게 됐을지 알아보고 싶다는 생각이 들었다. 흙으로 점을 보는 능력이 뛰어났던 마법사는 벽장에서 뚜껑이 덮인 네모난 상자 하나를 꺼냈다. 그가 흙으로 점을 보는 데에 사용하는 도구였다. 아프리카 마법사는 소파에 앉아 자기 앞에 상자를 놓고 뚜껑을 열었다. 모래를 준비하여 고르게 펴 놓고 알라딘이 지하 동굴 안에서 죽었는지 살았는지 알아보기 위해 점괘를 던졌다. 그는 점성술처럼 점괘를 읽으며 결과를 살펴보다가 알라딘이 동굴 속에서 죽지 않고 밖으로 빠져나와 무척이나 화려한 생활을 영위하고 있다는 사실을 알게 됐다. 엄청나게 부자가 됐을 뿐 아니라 공주와 결혼도 하고 사람들로부터 숭배와 존경을 받는 존재가 된 것이었다.

　이런 사실을 안 마법사는 불같은 화가 머리끝까지 치밀었다. 그는 격분하여 허공에 대고 소리쳤다. "이 망할 놈의 재단사 아들놈이 램프의 비밀과 힘을 알아 버렸어! 죽은 줄만 알았던 이 녀석이 내 갖은 노력의 결과를 죄다 누리고 있다니! 녀석이 더 이상 저런 행운을 누리지 못하게 손을 쓰지 않으면 내가 죽어 버리고 말 거야!" 자신의 결심에 대해 마법사는 그리 오래 고민하지 않았다. 다음 날 아침, 그는 곧 아프리카 바르바리아산 말에 올라타고 길을 떠났다. 수많은 도시와 시골을 지나, 말이 몹시 지칠 만큼이 아니면 쉬지도 않은 채 달려 중국에 왔고, 알라딘의 아내가 된 공주의 아버지인 술탄이 다스리는 도성 안에 도착했다. 아프리카 마법사는 한 여각에 들어가 방을 잡았다. 그리고 이곳에서 밤을 보내며 여독을 풀었다.

다음 날 아침, 아프리카 마법사는 무엇보다도 알라딘에 대한 사람들의 평판이 알고 싶었다. 그는 마을을 돌아다니다가 지체 높은 가문의 사람들이 가장 빈번하게 드나들기로 유명한 곳에 들어갔다. '차'라고 불리는 따뜻한 음료를 한 잔씩 하러 모이는 곳이었다. 이 음료에 대해서는 아프리카 마법사 또한 지난번 여행 때부터 익히 알고 있던 터였다. 마법사가 자리에 앉자마자 잔에 차가 부어졌고, 사람들이 이 음료에 대해 소개했다. 차를 마시면서 사방으로 귀를 열고 있던 아프리카 마법사는 사람들이 알라딘의 궁전에 대해 나누는 이야기를 들었다. 그는 이윽고 이야기를 나누던 사람들 가운데 한 명에게 다가갔다. 마법사는 사람들이 그렇게 앞다투어 이야기하는 궁전이 도대체 무엇이냐며 느긋하게 물어봤다. 그러자 질문을 받은 사람이 말했다. "어디서 오신 분이오? 알라딘 왕자님의 궁전에 대해 들도 보도 못한 걸 보니, 이곳에 온 지 얼마 안 된 모양이로구만." 사람들은 알라딘이 바드룰부두르 공주와 결혼한 이후로 전처럼 그냥 알라딘이라고 부르지 않았다. 남자가 계속해서 말했다. "이건 세상의 훌륭한 궁전 중 하나가 아니라, 세상에 단 하나밖에 없는 놀라우리만치 훌륭한 궁전이라오. 그렇게 크고 화려하고 훌륭한 궁전은 한 번도 본 적이 없단 말이지! 아직 이 소식을 모르는 걸 보니 꽤 먼 곳에서 오셨나 본데, 그 궁전이 지어진 이후로는 곳곳에서 이 얘기들을 하고 있다오. 가서 한 번 보시구려. 그리고 내 말이 참인지 거짓인지 한 번 알아보시오." 이에 아프리카 마법사가 대답했다. "제 무지를 용서해 주십시오. 실은 제가 어제 막 도착한데다가 아프리카 저 멀리에서 왔거든요. 제가 떠날 때만 해도 궁전의 명성이 그곳까지 닿지 않았습니다. 게다가 개인적으로 급한 일이 있었던 터라 쉬지 않고 서둘러 도착하는 것 외에 다른 데에 관심 둘 여유가 없었습니다. 아무것도 모르는 채 그저 달려오기에 바빴지요. 그리하여 소인은 방금 들은 그 소식밖에는 모릅니다. 하지만 그 궁전은 꼭 보고 싶네요. 지금 당장이라도 서둘러 달려가서 보고 싶은 심정입니다만, 가는 길을 좀 알려 주시지 않겠습니까?"

아프리카 마법사와 이야기를 나누던 사람은 알라딘의 궁전으로 가는 길을 흔쾌히 알려 주었다. 그리고 마법사는 자리에서 일어나 곧 그곳을 나왔다. 마법사는 궁에 도착하여 모든 곳을 자세히 살펴본 뒤, 알라딘이 램프를 이용하여 이 궁전을 지은 게 분명하다고 확신했다. 단지 재단사의 아들이었던 알라딘의 무능함은 차치하고라도, 마법사는 이렇게 훌륭한 걸 만들어 낼 수 있는 건 오직 자신이 놓쳐 버린 그 램프의 정령밖에 없다는 사실을 알고 있었다. 알라딘이 술탄에 버금갈 정도로 떵떵거리며 행복하게 살아가는 모습에 부아가 치민 마법사는 다시 숙소로 돌아갔다.

문제는 그 램프가 어디에 있느냐는 것이었다. 알라딘이 램프를 가지고 있을지, 아니면 어떤 곳에 보관해 두었을지 모를 일이었다. 마법사가 주술을 써서 알아내야 할 부분이었다. 그는 숙소에 도착하자마자 오는 내내 잘 가지고 왔던 상자와 모래를 꺼내 들었다. 주술을 다 부리고 난 뒤, 램프가 알라딘의 궁전 안에 있다는 사실을 알아냈다. 마법사는 램프를 발견한 기쁨이 너무나도 컸던 나머지 거의 제정신이 아니었다. '저 램프는 내 것이 될 거야. 알라딘 놈에게서 저 램프를 가지고 온 뒤, 녀석이 램프를 훔쳤던 저 깊숙한 곳으로 파묻어 버려야겠어.'

불행의 기운이 드리워지고 있었지만, 알라딘은 일주일 예정으로 사냥을 떠난 상태였고, 이제 사흘 밖에 지나지 않았다. 마법사는 이 소식을 숙소의 관리인으로부터 알게 되었다. 마법사는 램프의 위치를 알고 난 뒤 기쁨에 사로잡혀 숙소의 관리인에게 이야기를 좀 나누고 싶다는 핑계로 접근했다. 관리인은 성격이 꽤 호탕했으므로, 마법사가 원하는 정보를 얻기까지 그렇게 오래 걸리지 않았다. 아프리카 마법사는 그에게 방금 알라딘의 궁전에 다녀오는 길이라고 했고, 궁전을 본 놀라움에 대해 과장을 섞어 말했다. 어떤 부분이 그렇게 놀랍고 감동적이었는지 이야기하였으나, 사람들 대부분이 공감하는 그런 놀라움을 늘어놓았다. 그러고는 이렇게 덧붙였다. "내 호기심은 여기서 그칠 것 같지 않아요. 이 훌륭한 건물을 소유한 주인의 얼굴을 보지 않고는 못 배길 것 같아요." 그러자 관리인이 이렇게 말하는 것이었다. "그건 그렇게 어렵지 않을 거요. 마을로 나오시는 날이면 얼마든지 뵐 수 있다오. 그런데 사흘 전에 사냥을 떠나셔서 지금 이곳에 안 계시지. 사냥이 아마 일주일은 걸린다는 것 같아."

알라딘에 관한 정보는 그 정도면 충분했다. 관리인과 헤어져 밖으로 나온 마법사는 속으로 생각했다. '때는 지금이야. 이렇게 좋은 기회를 놓칠 수는 없어.' 마법사는 램프를 만들어 파는 사람의 가게로 갔다. 그리고 가게 주인에게 말했다. "이보게, 주인장. 구리로 된 램프 열두 개가 필요한데, 가능하겠는가?" 그러자 가게 주인은 지금은 몇 개 부족하지만, 다음 날까지만 기다려 주면 원하는 시간까지 완벽하게 다 마련해 줄 수 있다고 이야기했다. 마법사는 이를 흔쾌히 수락하고, 램프가 깨끗하고 반들반들해야 한다고 당부했다. 돈은 넉넉하게 주겠노라고 약속한 뒤, 마법사는 숙소로 돌아갔다.

그 다음 날, 마법사는 열두 개의 램프가 도착하자 조금도 깎지 않고 약속한 값을 모두 지불했다. 그리고 특별히 마련해 둔 바구니 안에 램프를 모두 집어넣었다. 마법사는 이 바구니를 안고서 알라딘의 궁으로 향했다. 궁에 다다랐을 때 아프리카 마법사가 소리쳤다. "낡은 램프를 새 램프로 바꾸어 드립니다! 필요하신 분, 안 계십니까?"

마법사가 점점 앞으로 나아가자, 광장에서 놀고 있던 아이들이 멀리서부터 이 소리를 듣고 헐레벌떡 달려와 야유를 던지며 마법사 주위로 몰려들었다. 그리고 마법사를 미치광이 보듯 바라보았다. 마법사의 바보 같은 짓에 지나가던 행인들도 모두 비웃었다. 그리고 자기네들끼리 쑥덕거렸다. "헌 램프를 새 램프로 바꿔 주겠다니, 제정신이 아닌 모양이로군."

아프리카 마법사는 아이들의 조롱에도, 사람들의 쑥덕거림에도 놀라지 않았다. 그리고 더 크게 소리치며 장사를 했다. "낡은 램프를 새 램프로 바꾸어 드립니다! 필요하신 분, 안 계십니까?"

궁궐 앞과 주위를 맴돌며 광장을 왔다 갔다 하면서 마법사가 계속해서 똑같은 말을 외치자, 스물네 개 십자창이 있는 거실에 나와 있던 바드룰부두르 공주 또한 이 소리를 들었다. 하지만 마법사를 따라다니며 어린아이들이 야유하는 소리 때문에 정확히 무슨 말인지 알아들을 수가 없었다. 마법사를 따라다니는 아이들은 점점 더 많아졌다. 그리하여 공주는 시녀 한 사람을 가까이 보내어 이 소리가 무슨 소리인지 알아보라고 했다.

시녀는 얼마 안 있어 박장대소하며 다시 거실로 돌아왔다. 시녀가 너무 크게 웃는 바람에, 공주 또한 시녀를 보며 웃지 않을 수가 없었다. 공주가 시녀에게 물었다. "여봐라, 대관절 무슨 일인가? 왜 그렇게 웃는지 이유가 궁금하구나." 그러자 시녀가 계속해서 웃음을 참지 못하며 말했다. "공주님, 멀쩡한 새 램프를 한 바구니 들고 와서 램프를 파는 게 아니라 헌 램프랑 교환해 주겠다는 미친 작자가 있으니, 이걸 보고 어찌 웃음을 참을 수가 있겠습니까? 주위에 아이들이 온통 에워싸서 앞으로 제대로 나아가지도 못하는 상황이랍니다. 웅성대는 이 소리는 모두 남자를 비웃는 소리입지요."

이 말에 다른 시녀 하나도 이야기를 거들며 나섰다. "낡은 램프라면 우리도 코니스에 하나가 있는데 공주님께서 아시는지 모르겠어요. 알라딘 왕자님도 낡은 램프가 새 램프로 바뀐 걸 알면 싫어하지 않을 것 같은데요? 공주님께서 원하신다면, 이 미친 작자가 정말로 아무런 대가도 없이 낡은 램프를 새 램프로 바꾸어 주는지 한 번 시험해 볼까요?"

시녀가 말하는 램프는 알라딘이 지금의 자리까지 올라오는 데에 사용한 바로 그 요술램프였다. 사냥을 가기 전, 행여나 램프를 잃어버릴까 봐 알라딘이 직접 코니스 위에 놓고 간 것이었다. 다른 때에도 사냥을 나가기 전에는 늘 그렇게 신경 써서 램프를 코니스 위에 올려놓곤 했다. 그런데 시녀들도 환관들도, 심지어 공주조차도 그때까지 단 한 번도 알라딘이 없는 동안 코니스 위에 놓인 이 램프에 신경을 쓰지 않았다. 사냥을 나갈 때가 아니면 늘 알라딘이 램프를 지니고 다녔기 때문이다. 그동안 알라딘이 램프에 각별한 주의를 기울여 온 건 사실이다. 하지만 적어도 이를 어딘가에 넣어 두어야 했다. 사실 누구나 실수는 하는 법이다. 예나 지금이나 그 어느 때든 비슷한 실수는 나오게 마련이다.

공주는 램프가 그토록 소중한 물건인지 몰랐다. 램프에 대해

† 알라딘과 요술램프 †

서는 아무 말도 하지 않았던 알라딘이 램프를 사람들이 만지지 못 하도록 따로 보관해 둘 정도로 그토록 각별한 관심을 기울이고 있는지도 몰랐다. 시녀들과 함께 이 상황을 즐기고 있던 공주는 환관에게 낡은 램프를 가지고 가서 새 램프로 바꿔 오라고 지시했다. 환관은 거실을 내려가 궁궐 문을 열고 나가자마자 곧 아프리카 마법사를 발견했다. 마법사를 불러들인 환관이 낡은 램프를 보여 주며 말했다. "이것을 가져가고, 대신 새 램프를 다오."

아프리카 마법사는 그 램프가 바로 자신이 찾던 램프임을 확신했다. 모든 그릇들이 죄다 금이며 은으로만 되어 있는 알라딘의 궁에서 낡은 램프는 이것 말고 다른 게 있을 리 없었다. 마법사는 환관의 손에서 잽싸게 램프를 가로챈 뒤, 이를 가슴팍에 쑤셔 넣고 새 램프가 가득 들어 있는 바구니를 보여 주며 마음에 드는 것으로 하나 고르라고 말했다. 환관은 새 램프를 하나 골라 들고 바드룰부두르 공주에게로 가져갔다. 램프를 교환하고 나자 아이들은 더 크게 소리치며 마법사의 어리석음을 비웃었다.

아프리카 마법사는 아이들이 뭐라고 소리를 질러대든 그냥 내버려 두었다. 하지만 더 이상 궁전 주위에서 머물지 않고 꽤 멀리 떨어진 곳으로 조용히 자리를 옮겼다. 즉, 더 이상은 헌 램프를 새 램프로 바꾸어 주겠다고 소리치지 않았던 것이다. 마법사는 지금 들고 있는 램프 외에 다른 램프에는 관심이 없었다. 그가 입을 다물자 아이들 무리도 떨어져 나갔고, 더 이상 주위에 몰려들지 않았다.

　마법사는 술탄의 궁전과 알라딘의 궁전 사이에 있는 광장 밖으로 벗어난 뒤, 곧 인적이 드문 길로 빠져나갔다. 그리고 더 이상 다른 램프들도 바구니도 필요 없어지자, 바구니와 새 램프들을 아무도 보지 않는 길 한가운데에 놓았다. 이어 다른 길로 접어들어 도성의 관문들 중 하나에 다다를 때까지 발걸음을 재촉했다. 성 밖으로 빠져나가기 전에 몇 가지 먹을거리를 사둔 그는 계속해서 한참이나 성 밖 길을 더 걸어갔다. 교외로 벗어나 시골로 들어서자, 도성의 외곽 길에서 꽤 멀리 떨어졌다. 아무에게도 들키지 않을 만한 곳이었다. 그곳에서 자신의 계획을 시행하기 위한 적당한 때가 올 때까지 기다렸다. 아프리카 마법사는 머물던 숙소에 바르바리아 말을 두고 온 것은 후회하지 않았다. 방금 손에 넣은 이 보물로 그에 대한 보상이 된다고 생각했다.

　마법사는 이곳에서 날이 저물기를 기다렸다. 이윽고 밤이 되어 어둠이 짙게 깔리자, 가슴팍에서 램프를 꺼내어 문질렀다. 이에 램프의 정령이 나타났다.

　"그대가 원하는 건 무엇인가? 손에 램프를 든 모든 이들과 그대의 노예로서, 램프의 다른 노예들과 함께 나는 그대의 명령에 복종할 준비가 되어 있다."

　이에 마법사가 대답했다. "네가 혹은 램프의 다른 노예들이 이 도시 안에 세웠던 궁전을, 그 안에서 사는 모든 사람들과 함께 아프리카의 한 장소에 들어다 옮겨 놓고, 동시에 나도 그곳으로 옮겨다 놓아라." 그러자 램프의 정령은 아무런 대꾸도 하지 않은 채 다른 램프의 정령들과 함께 순식간에 궁전을 들어다가 아프리카의 적절한 곳에 마법사와 함께 통째로 옮겨 놓았다. 공주가 있는 궁전과 함께 통째로 아프리카에 옮겨진 마법사 이야기는 잠시 접어 두고, 이 같은 상황에서 술탄이 겪었을 놀라움을 이야기해 보자.

술탄은 자리에서 일어나자마자 습관처럼 어김없이 집무실을 찾았다. 알라딘의 궁전 쪽을 향하고 있는 그곳에서 궁전을 바라보며 감탄의 기쁨을 누리기 위해서였다. 늘 하던 대로 궁전이 있는 쪽을 바라보던 술탄의 눈에는 텅 빈 광장밖에는 보이지 않았다. 알라딘의 궁전이 세워지기 이전과 같은 모습이었다. 술탄은 자신의 눈을 의심하며 두 눈을 비볐다. 하지만 여전히 아무것도 보이지 않았다. 그저 맑은 하늘에 날씨만 더없이 좋았고, 아침 햇살이 비추기 시작하면서 모든 사물이 또렷이 모습을 드러낼 뿐이었다. 술탄은 왼쪽과 오른쪽의 두 출입구로도 가서 살펴보았지만, 이전에 늘 이곳에서 보이던 풍경밖에는 보이지 않았다. 너무 놀란 술탄은 궁전이 있던 곳으로 눈을 향한 채 그 자리에 우두커니 서 있었다. 하지만 아무것도 보이지 않았다. 술탄은 이 상황을 이해하려고 노력했다. 알라딘이 궁전을 지은 뒤로, 하루도 빠짐없이 그 궁전을 봐 오던 술탄이었다. 최근까지도 그랬고,

바로 전날까지도 그랬다. 그런데 알라딘의 궁전같이 그렇게 크고 눈에 띄는 궁전이 어쩜 이렇게 흔적도 없이 증발해 버릴 수 있단 말인가! 술탄은 속으로 이렇게 생각했다. '내 눈이 잘못된 게 아니야. 궁전은 확실히 저기에 있었어. 만일 궁전이 무너진 거라면 건축 자재가 무더기로 보여야 해. 만일 땅으로 꺼진 거라도 무언가 흔적이 있을 거야. 어떤 식으로 그런 일이 생긴 건지 흔적이 남아 있을 거라고.' 술탄은 더 이상 그곳에 궁전이 없다고 확신하면서도, 자기가 잘못 본 건 아닐까 하며 조금 더 그곳에 머물러 있었다. 그리고 결국 자리에서 물러나서 여전히 미련을 못 버리고 돌아보다 처소로 돌아갔다. 술탄은 서둘러 총리대신을 불러들이라 명했다. 하지만 자리에 앉아서도 이런저런 생각들로 머릿속이 무척 복잡해서, 도무지 어떤 결정을 내려야 하는지 알 수가 없었다.

곧이어 총리대신이 서둘러 입궁했다. 너무도 서둘러 오는 바람에 총리대신도 그 측근도 알라딘의 궁전이 더 이상 그곳에 없다는 걸 전혀 생각지도 못했다. 수문장들도 궁궐 문을 열면서 이 사실을 미처 눈치채지 못했다.

술탄 곁으로 간 총리대신이 말했다. "폐하, 오늘은 어전 회의가 있는 날이기에 곧 있으면 어김없이 소신이 해야 할 의무를 다할 예정이었는데, 그 사실을 잘 알고 계실 폐하께서 이토록 급하게 소신을 불러들이신 것으로 보건대, 무언가 놀라운 일이 생긴 것이라 사료되옵니다."

"그대가 말한 바와 같이, 실로 놀라운 일이 벌어졌으며, 그대도 이에 동의하게 될 것이다. 알라딘의 궁전이 어디로 갔는지 말해 보라." 이에 총리대신이 무척 놀라며 대답했다. "폐하, 알라딘의 궁전이라 하셨습니까? 방금 전에도 그 앞을 지나왔습니다만 궁전은 제자리에 있는 것 같았습니다. 건물들은 모두 굳건히 제자리를 지키고 있어 그렇게 쉽게 자리가 바뀌지는 않으리라 사료되옵니다."

"그러면 짐의 집무실로 가서 궁전 쪽을 보아라. 그리고 궁전이 보이는지 짐에게 와서 말해 보라."

총리대신은 술탄의 집무실로 향했다. 그에게도 술탄과 똑같은 풍경만이 보일 뿐이었다. 총리대신은 알라딘의 궁전이 흔적조차 없이 사라졌다는 사실을 확인하고, 술탄에게로 돌아왔다. 술탄이 총리대신에게 물었다. "그대의 눈에는 알라딘의 궁전이 보이던가?"

"폐하, 폐하께서 무척이나 화려한 저 궁전을 보시고 감탄에 젖어 계실 때, 소인이 아프리카 마법사와 마법의 소행에 불과하다고 말씀드렸사옵니다. 하오나 폐하께서는 여기에 관심을 기울이고 싶어 하지 않으셨다는 사실을 기억하실 것이옵니다."

술탄은 자신이 총리대신의 말을 믿지 않았다는 걸 부인할 수 없었기에 더욱 노여움이 컸다. "이 사악한 사기꾼 놈은 어디에 있느냐! 내 이놈의 머리를 베어 버리겠다!"

"폐하, 죄인이 폐하께 사냥을 떠난다고 고한 뒤 며칠이 지난 것으로 알고 있사옵니다. 사람을 보내어 궁전이 어디에 있는지 물어보는 게 어떨는지요. 죄인이 이를 모르고 있지 않을 겁니다." 그러자 술탄이 말했다. "그건 놈에게 너무 관대한 처사이니라. 내 서른 명의 기사들에게 놈을 사슬로 묶어 끌고 오도록 명하라." 총리대신은 기사들에게 가서 술탄의 명령을 전한 뒤, 알라딘이 도망가지 못하도록 어떤 행동 요령을 취할지도 대장에게 일러두었다. 길을 떠난 기사들은 도성에서 20~25킬로미터쯤 떨어진 곳에서 사냥을 하며 느긋하게 돌아오던 알라딘 일행과 마주쳤다. 기사들 가운데 대장이 알라딘에게 다가가 술탄이 어서 보고 싶어 하시며, 그 뜻을 전하고 모시고 오라고 자신들을 보냈다고 설명했다.

알라딘은 술탄의 기병대가 그곳까지 파병된 진짜 이유에 대해 한 치도 의심하지 않았으므로 별일 아니라고 생각하여 사냥을 계속했다. 하지만 도성에서 2킬로미터쯤 떨어진 곳에 이르렀을 때, 기사단이 알라딘을 에워쌌고, 대장이 다가가 말했다. "알라딘 왕자님, 유감스럽게도 저희는 국가에 죄를 지은 왕자님을 체포하여 술탄께 끌고 오라는 명을 받았습니다. 소인들이 술탄의 분부대로 의무를 이행할 테니 나쁘게 생각하지 말고, 부디 용서해 주시옵소서."

이 말을 들은 알라딘은 크게 놀랄 수밖에 없었다. 자신은 아무런 죄도 짓지 않았다고 생각했기 때문이다. 알라딘은 자신의 죄목이 무엇이냐고 기사 대장에게 물었다. 그러자 대장은 자신도, 다른 기사들도 그 이유에 대해서 아는 바가 없다고 대답했다.

알라딘은 자신이 데리고 온 부하들의 수가 기사단의 수보다 한참 못 미친다는 것을 알고 있었기 때문에, 비록 기사단과의 거리가 꽤 멀리 떨어져 있었으나 순순히 말에서 내렸다. "그대의 명령을 집행하라. 하지만 나는 술탄께도, 이 나라에도, 그 어떤 범죄도 짓지 않았다고 장담한다." 알라딘의 목에 크고 육중한 사슬이 채워졌다. 사슬은 꽤 길었기 때문에, 몸 가운데까지 채워놓아 두 팔을 자유롭게 움직일 수 없었다. 대장이 선두에 서자, 그 뒤로 기사 하나가 사슬의 끝을 쥐고 알라딘을 끌고 갔다. 알라딘은 걸어서 도성으로 끌려갔다.

기사단이 교외 지역으로 들어섰을 때, 범죄자처럼 끌려 들어오는 알라딘을 맨 처음 본 사람들은 그의 목이 곧 떨어질 거라고 확신했다. 알라딘은 거의 모두로부터 사랑을 받고 있었기 때문에 어떤 사람들은 검을 들었고 또 어떤 사람들은 무기를 들었으며, 그마저도 없는 사람들은 돌을 들고 무장한 뒤 기사들의 뒤를 쫓았다. 후미에 있던 몇몇 사람들은 갑자기 돌변한 태도로 대오를 무너뜨리려는 시늉을 하기도 했다. 사람들의 수가 너무 많이 불어나자 기사들은 이들을 해산시키려고 했다. 그래야 궁에 도착하기까지 사람들이 알라딘을 빼내 가지 못하게 막을 수 있었기 때문이다. 이를 위해 기사들은 넓든 좁든 상관없이 모든 길을 다 장악하며 지나갔다. 길에 따라 대오를 옆으로 확장시키기도 하고, 간격을 좁히기도 했다. 그런 식으로 이들은 궁에 도착했고, 일렬종대로 서서 대장과 기사 하나가 알라딘을 끌고 안으로 들어가 문을 닫고 들어갈 때까지 무장한 평민들을 막아섰다.

 알라딘은 발코니에서 총리대신을 대동하고 기다리던 술탄 앞으로 인도됐다. 술탄은 알라딘을 보자마자 곧 대기하고 있던 사형집행인에게 그의 머리를 내리치라고 명령했다. 알라딘으로부터 어떤 변명이나 설명도 들으려 하지 않았다.

 사형집행인은 알라딘을 휘어잡고 목과 온몸의 사슬을 걷어 냈다. 그리고 사형을 집행했던 수많은 범죄자들의 피로 물든 가죽을 바닥에 펼친 뒤, 거기에 알라딘을 무릎 꿇게 하고 눈가리개를 씌웠다. 검을 빼든 사형집행인은 자리에 앉아 칼을 허공에 세 번 휘두르며 죄인을 내리칠 준비를 하고, 술탄이 신호를 보내 주길 기다렸다.

 그때, 총리대신은 광장을 가득 메운 채 기사들을 힘으로 밀고 들어오는 수많은 군중들을 보았다. 사람들은 곳곳에서 궁궐 벽을 넘어 들어온 참이었고, 들어올 틈을 마련하기 위해 벽을 부수기 시작했다. 술탄이 처형 신호를 내리기 전, 총리대신이 말했다. "폐하, 성숙하게 대처하심이 옳은 줄로 아옵니다. 군중들이 폐하의 궁으로 밀고 쳐들어올 위험이 있습니다. 만일 이러한 불행이 생긴다면 엄청난 사태가 초래될 것이옵니다."

"뭣이? 내 궁을 쳐들어와? 누가 감히 그런 무모한 짓을 한단 말이냐!"

"폐하, 궁궐의 담과 광장 쪽을 보시옵소서. 제 말에 거짓이 없음을 알게 되실 것이옵니다."

술탄은 그토록 격렬한 소요 사태를 보고 크게 당황하여 바로 사형집행인에게 칼을 거두고 알라딘의 눈을 가린 안대를 벗기고 풀어 주라고 지시했다. 아울러 술탄이 알라딘에게 선처를 베풀었으니, 모두들 물러가라는 뜻을 전하도록 했다.

그러자 이미 궁궐 벽 위로 올라가 상황을 지켜보던 사람들이 곧바로 담에서 내려왔다. 이들은 자신들이 진심으로 좋아하는 한 남자를 살린 것을 한없이 기뻐했고, 주위에 있던 사람들에게 이 소식을 전했다. 이 소식은 광장에 모여 있던 군중들에게로 전달됐다. 술탄의 명령을 받은 집행관들도 같은 소식을 공표하며 공식화했다. 술탄이 알라딘에게 선처를 베풀면서, 시민들은 무기를 내려놓았고 소동을 멈추었다. 그리고 하나둘 각자의 집으로 돌아갔다.

자유의 몸이 된 알라딘은 고개를 들어 발코니 쪽을 바라보았다. 그리고 술탄의 모습이 보이자, 애절하게 목청 높여 고했다.

"폐하, 방금 전에 소인에게 베풀어 주신 선처에 더해 한 가지만 더 선처해 주시길 간곡히 부탁드리옵니다. 부디 소인의 죄가 무엇인지 알려 주시옵소서."

"네 죄를 네가 모른단 말이냐! 이곳으로 올라오너라! 네놈에게 그 이유를 알려 주마."

알라딘은 술탄이 있는 곳으로 올라갔다. 술탄은 "짐을 따라오너라."라고 말한 뒤, 알라딘 쪽은 쳐다보지도 않고 앞서 걸어갔다. 그리고 자신의 집무실로 알라딘을 데려간 뒤, 문 앞에서 말했다. "들어가거라. 네놈의 궁전이 있던 자리가 어디인지는 네놈도 잘 알 것이다. 가서 샅샅이 살펴본 뒤, 그곳이 어떻게 되었는지 짐에게 말하라."

알라딘은 창밖을 보았다. 아무것도 보이지 않았다. 자신의 궁이 있던 자리가 어디인지는 알았지만, 궁전이 어떻게 그처럼 통째로 사라졌는지 도무지 영문을 알 수가 없었다. 알라딘은 너무나도 엄청나고 놀라운 일에 정신이 혼미해질 정도로 경악을 금치 못했다. 그리하여 너무 당황해서 단 한 마디도 대답할 수가 없었다.

참다못한 술탄이 다그쳤다. "어서 짐에게 말해 보라! 네놈의 궁은 어디 있으며, 내 딸은 어디 있는 것이냐?" 그러자 알라딘이 마침내 침묵을 깨고 입을 열었다. "폐하, 제가 지었던 궁전이 더 이상 그 자리에 있지 않다는 건 틀림없는 사실입니다. 궁전이 사라진 것이 소인의 눈에도 잘 보입니다. 이 궁전이 어디에 있는지는 저도 말씀드릴 수가 없습니다. 하지만 폐하, 단언컨대 이 일은 소인과 전혀 무관하옵니다."

"네놈의 궁전 따위는 어떻게 되든 관심 없다. 그보다는 내 딸이 백만 배 더 중요하니까. 내 딸을 찾아오너라. 그렇지 않으면 네 목을 베어 버릴 테다. 누가 뭐라 하든 상관없다."

"폐하, 부디 제게 40일간의 말미를 주시옵소서. 최선을 다해 부지런히 공주님을 찾겠사옵니다. 만일 이 기간 내에 공주님을 찾지 못한다면, 장담컨대 폐하의 발밑에 제 목을 내놓겠사오니 처분대로 하시옵소서."

"네 말대로 40일간의 말미를 주겠다. 단, 내 선의를 악용할 생각은 말라. 내 선처를 배신할 마음을 먹어서는 안 될 것이다. 지상 어디에 있든 짐은 너를 찾아낼 것이니라."

알라딘은 엄청난 수치심에 사로잡혀 처참해진 채 술탄 앞에서 물러났다. 그는 크나큰 혼란에 사로잡혀서 감히 얼굴도 들지 못하고 고개를 푹 숙인 채 궁정을 지나갔다. 궁정의 주요 조신들도, 알라딘이 누구 하나 마음 상하게 하지 않고 친구처럼 대했건만, 곁으로 와서 위로하거나 자기 집으로 받아 줄 생각을 하기는커녕 모두들 등을 돌렸다. 행여나 알라딘이 아는 척을 할까 봐 두려워 눈조차도 마주치지 않으려 했다. 알라딘이 무언가 위로의 말을 듣거나 도움을 구하기 위해 다가가더라도, 더 이상 받아들이지 않았다. 하긴 알라딘은 스스로도 자신을 받아들일 수가 없었다. 그는 이제 제정신이 아니었다. 이런 사실은 궁궐 밖으로 나가자 더욱 분명해졌다. 자신이 뭘 하고 있는지도 생각하지 않은 채 무작정 집집마다 돌아다니며 만나는 사람마다 붙들고 자신의 궁을 보았는지, 무언가 새로운 소식은 없는지 물어봤기 때문이다.

   이 모습을 본 사람들은 모두 알라딘이 제정신이 아니라고 생각했다. 어떤 사람은 이를 비웃기도 했다. 하지만 지각 있는 사람들이라면, 특히 알라딘과 어느 정도 친분과 교류가 있었던 사람들은 그에게 깊은 연민을 느꼈다. 알라딘은 아무런 대책도 없이 그저 도성 안 이쪽저쪽을 돌아다니며 사흘을 보냈다. 음식이라고는 사람들이 불쌍한 마음에 건네주는 것만을 입에 댈 뿐이었다.

   알라딘은 그토록 좋은 평판을 얻었던 이곳에서 더 이상은 처참한 꼴로 지낼 수 없었기에 도성을 빠져나와 시골로 향했다. 널찍한 도로에서 벗어나 한 치 앞을 모르는 암담한 상태에서 들판을 여러 개 가로지른 뒤, 어둑어둑해질 무렵에 어느 강가에 도착했다. 그는 그곳에서 좌절감에 빠져들었다. '어딜 가야 내 궁전을 찾을 수 있단 말인가? 어느 곳, 어느 지방, 어떤 나라에 가야 궁전을, 그리고 술탄이 말한 내 사랑스러운 공주를 찾을 수 있느냔 말이다. 나는 결코 공주도, 궁전도 찾을 수 없을 것이다. 차라리 아무런 소득도 없는 이 피곤함에서도 벗어나고, 내 목을 죄는 이 쓰라린 고통에서도 벗어나는 편이 낫겠구나.' 이렇게 결심하고 강물에 뛰어들어 죽을 심산이었다. 하지만 신앙심이 깊은 무슬림이었기 때문에 기도도 하지 않은 채 목숨을 버릴 수가 없었다. 알라딘은 죽음을 각오하고 물가로 다가가 관습에 따라 두 손과 얼굴을 씻었다. 그런데 서있던 곳이 약간 경사가 지고 축축하게 젖어 있는 바람에 그만 미끄러지고 말았다. 알라딘은 그대로 강물에 빠져 죽을 운명이었지만, 땅 위로 솟아오른 60센티 남짓한 작은 돌부리에 매달려 목숨만은 건질 수 있었다. 다행히도 알라딘은 과거 보물 램프를 들고 오기 위해 지하 동굴에 내려가기 전, 마법사가 손가락에 끼워 주었던 반지를 아직도 빼지 않았던 것이다. 바위에 지탱해 매달려 있던 알라딘은 무심코 반지를 세게 문질렀다. 그러자 아프리카 마법사가 알라딘을 가두었던 지하 동굴에서 나타났던 것과 같은 정령이 모습을 나타냈다.

"그대가 원하는 건 무엇인가? 손에 반지를 낀 모든 이들과 그대의 노예로서, 반지의 다른 노예들과 함께 나는 그대의 명령에 복종할 준비가 되어 있다."

그토록 좌절한 상황에서 예기치도 않게 갑자기 등장한 정령의 모습에 기분 좋게 놀란 알라딘은 대답했다. "정령이여, 내 목숨을 한 번 더 구해다오. 내가 세운 궁전이 지금 어디에 있는지도 알고 싶다. 아니면 그 궁전을 지금 당장 원래 있던 자리로 되돌아가게 해다오." 그러자 반지의 정령이 말했다.

"그대의 요구는 내 힘으로 이룰 수 있는 게 아니다. 나는 반지의 노예일 뿐이다. 그건 램프의 노예에게 가서 이야기하라."

"그렇다면 반지의 힘으로 나를 궁전이 있는 곳으로 옮겨다오. 바드룰부두르 공주가 있는 창문 아래로 나를 데려가거라."

말이 끝나자마자 정령은 알라딘을 아프리카 초원 한가운데, 대도심에서 그리 멀지 않은 곳에 있는 궁전으로 옮겨다 주었다. 그리고 공주의 처소 창문 바로 위에 알라딘을 놓고 사라졌다. 모두 순식간에 벌어진 일이었다.

깜깜한 밤이었지만, 알라딘은 자신의 궁전과 공주의 처소를 금세 알아보았다. 하지만 밤이 깊은데다 궁궐 안이 온통 조용했기 때문에 궁전에서 약간 떨어져 나무 아래에 자리를 잡고 앉았다. 알라딘은 순전히 우연의 힘으로 얻게 된 자신의 행복을 비추어 보며 희망의 빛에 사로잡혀, 술탄에게 끌려간 뒤 목숨을 잃을 위기에 처한 이후보다 훨씬 평온한 상태가 되었다. 알라딘은 잠시 이처럼 기분 좋은 생각에 빠져들어 있었다. 그런데 닷새 혹은 엿새쯤 전부터 잠을 못 잔 탓에, 쏟아지는 졸음을 주체할 수가 없었다. 그리하여 알라딘은 나무 밑에서 잠이 들었다.

다음 날, 새벽빛이 밝아 오기 시작하자 알라딘은 잠에서 깨어났다. 그는 새들의 노랫소리를 들으며 기분 좋게 일어났다. 새들의 지저귐은 알라딘이 잠을 청한 나무 위 뿐 아니라 궁궐 정원의 무성한 나무들 위에서도 들려왔다. 알라딘은 우선 이 더없이 멋진 건물을 쳐다봤다. 이어 머지않아 다시 그 주인이 될 자신의 모습을 떠올리며 형언할 수 없는 기쁨을 느꼈다. 그와 동시에 사랑스러운 바드룰부두르 공주를 되찾을 생각에도 한없이 기뻤다. 알라딘은 자리에서 일어나 공주의 처소 가까이 다가갔다. 그는 잠시 창문 아래에서 서성이며 공주가 일어나 자신을 알아봐 주길 기다렸다. 기다리는 동안, 이 같은 불행이 닥친 원인이 무엇일지 생각해 봤다. 잠을 잘 자고 나서 생각해 보니, 이 같은 불행이 닥쳐 온 건 램프가 눈앞에서 사라졌기 때문이라고밖에 생각할 수가 없었다. 알라딘은 부주의했던 자신을 자책했다. 잠시나마 램프를 손에서 내려놓으며 주의를 기울이지 않은 자신이 원망스러웠다. 더욱 당황스러웠던 건 자신의 행복을 시기한 작자가 누구인지 도통 알 수가 없다는 사실이었다. 자신이 지금 있는 곳이 아프리카라는 사실을 알았더라면, 그자가 누구인지 알았을 것이다. 그런데 반지의 정령은 알라딘에게 그에 대해 아무 말도 해주지 않았다. 정령 그 자신도 모르는 일이었다. 알라딘이 아프리카라는 이름 하나만 알았더라도 원수인 아프리카 마법사에 관한 기억을 떠올릴 수 있었을 것이다.

바드룰부두르 공주는 마법사에게 납치되어 아프리카로 옮겨진 후, 아침마다 평소보다 더 일찍 일어났다. 이곳에 온 뒤로 공주는 하루에 한 번은 마법사를 봐야 했다. 그가 궁전의 주인이었기 때문이다. 하지만 공주가 번번이 몹시 쌀쌀맞게 대했기 때문에 마법사는 감히 궁 안에 들어와 살 생각은 못했다. 공주가 옷을 다 입었을 때, 한 시녀가 덧문 사이로 보이는 알라딘을 알아보았다. 시녀는 곧 이 사실을 공주에게 알렸다. 이 소식을 믿을 수 없었던 공주는 곧 창가로 가서 알라딘이라는 사실을 확인했다. 공주는 덧문을 열어젖혔고, 이 소리에 알라딘이 위를 올려다봤다. 그리고 공주를 알아봤다. 알라딘은 무한한 기쁨을 표하며 공주에게 인사를 했다. 공주가 말했다. "이럴 시간 없어요. 비밀문을 열어 드릴 테니 어서 들어와 올라오세요." 그리고 공주는 덧문을 닫았다.

비밀 문은 공주의 처소 아래에 있었다. 공주가 문을 열자 알라딘은 공주의 처소로 올라왔다. 서로 다시는 못 볼 줄 알았던 두 사람이 이렇게 다시 만나 얼마나 기뻤을지는 말로 표현할 수 없을 정도였다. 두 사람은 몇 번이고 서로를 부둥켜안은 뒤, 우리가 생각할 수 있는 온갖 사랑과 애정의 표시를 다 나누었다. 예기치 않게 슬픈 이별을 해야 했던 두 사람은 기쁨의 눈물을 흘리며 서로 부둥켜안은 뒤, 자리에 앉았다. 이어 알라딘이 말했다. "공주님, 공주님이나 아버님이신 술탄의 얘기보다도, 또 제 이야기보다도, 먼저 급히 여쭐 것이 있습니다. 제가 사냥에 나가기 전에 스물네 개의 십자창이 있는 거실 코니스 위에 올려 두었던 낡은 램프가 어떻게 되었는지 행방을 아시는지요?"

그러자 공주가 대답했다. "아, 역시 우리의 이 불행이 그 램프에서 왔군요! 어쩐지 내내 수상했어요! 그렇다면 이 상황이 벌어진 원인은 제게 있어요!"

"공주님, 괜한 자책 마세요! 모두 다 제 탓이에요. 제가 램프의 보관에 좀 더 신경을 썼어야 했어요. 이제 우리 이 어처구니없는 상황을 바로잡을 궁리만 하도록 해요. 그러자면 그동안 무슨 일이 일어난 건지, 램프가 누구의 손에 들어간 건지 말씀을 해주셔야 해요."

그러자 공주는 헌 램프를 새 램프로 바꾸면서 있었던 일들을 이야기하고, 새 램프를 가져와 알라딘에게 보여 주었다. 그리고 그날 밤에 궁전이 옮겨진 걸 알게 됐고, 다음 날 아침 이상한 요술을 부려 자신을 그곳에 옮겨 놓은 음흉한 작자의 말을 듣고서야 아프리카라고 하는 듣도 보도 못한 나라에 와 있다는 걸 깨달았다고 했다.

알라딘이 공주의 말을 끊으며 이야기했다. "공주님, 제가 지금 있는 곳이 아프리카라는 걸 알고 나니 그 음흉한 작자가 누구인지 알겠군요. 그 작자는 세상에서 가장 사악한 인간이에요. 하지만 지금 여기에서 그 작자에 대한 욕을 늘어놓을 이유도, 또 그럴 시간도 없어요. 그저 그 작자가 램프를 가지고 어떻게 했는지, 그리고 램프를 어디에 두었는지만 말씀해 주세요."

"그자는 램프를 소중히 싸가지고 품속에 넣어 가지고 다녀요. 제 말이 틀림없어요. 램프를 품속에서 꺼내선 제 앞에서 자랑하듯 펼쳐 보였는걸요."

그러자 알라딘이 말했다. "공주님, 제 귀찮은 질문에 답변해 줘서 고마워요. 이건 공주님에게나 제게나 중요한 문제거든요. 다시 제가 궁금한 부분으로 돌아갈게요. 이 못되고 사악한 인간이 공주님을 어떻게 대했는지 좀 알려 주시겠어요?"

"이곳에 온 뒤로, 그 사람은 하루에 한 번씩 나를 찾아왔어요. 올 때마다 별로 만족하지 못하고 돌아가서인지 나를 괴롭히러 더 자주 오진 않았어요. 그리고 매번 하는 말은 당신과의 결혼을 파기하고 자기를 남편으로 삼아 달라는 것이었어요. 당신을 다시는 만날 수 없을 거라고 하더군요. 술탄께서 당신의 목을 베어 버렸다는 거예요. 그리고 당신이 배은망덕한 사람이라며, 당신이 갖고 있는 재산도 다 자기한테서 나온 것이라는 둥 별의별 얘기를 다 했어요. 그자는 올 때마다 내가 울면서 고통스럽게 하소연을 하자 들어올 때나 나갈 때나 늘 별로 만족스럽지 못한 상태였어요. 하지만 그자의 의도가 내 고통을 가라앉히고 생각을 바꾸게 하려는 거였네요. 그리고 결국에는 내가 계속해서 저항을 했더라면 폭력을 썼을지도 몰라요. 하지만 당신이 여기 이렇게 있어 줘서 이미 걱정이 다 사라졌는걸요."

"공주님, 이제 걱정하실 것 없어요. 우리 둘의 원수인 그 작자의 손아귀에서 공주님을 빼낼 방법이 떠올랐어요. 그러자면 제가 마을로 가야 해요. 점심때쯤 다시 올게요. 제 계획을 말씀드릴 테니 이 계획이 성공하도록 도와주셔야 해요. 미리 말씀드리는데,

제가 다른 옷을 입고 돌아오더라도 놀라지 마세요. 또 제가 비밀문을 두드리면 즉시 열도록 사람들에게 하명해 주세요."

공주는 시녀들이 문에서 기다렸다가 알라딘에게 즉시 문을 열어 주도록 하겠노라고 약속했다. 공주의 처소에서 내려와 같은 문으로 빠져나온 알라딘은 이쪽저쪽을 살펴보다가 들판을 지나가던 한 농부를 발견했다.

농부가 궁궐 너머로 약간 멀어져 가고 있었기에, 알라딘은 서둘러 발걸음을 재촉했다. 그리고 농부를 따라잡고선 옷을 바꿔 입자고 제안했다. 농부가 이를 수락했기에 알라딘과 농부는 덤불 속에서 옷을 바꿔 입었다. 농부와 헤어진 알라딘은 도성으로 향했다. 도성 안으로 들어가서는 사람들이 자주 드나드는 길은 피해 성문에서 이어지는 길을 따라갔다. 알라딘은 온갖 상인과 장인들이 각자 거리를 조성하여 물건을 팔고 있는 장소에 도착했다. 알라딘은 약방 골목으로 들어갔다. 그 가운데 가장 크고 물건이 많은 가게에 들어가서 주인에게 어떤 가루 하나가 있는지 물어보았다.

알라딘의 옷을 보고 값을 치를 능력이 없을 정도로 가난하다고 생각한 상인은 그 가루가 있긴 하지만 비싸다고 이야기했다. 알라딘은 상인의 생각을 읽고서 돈주머니를 꺼내어 안에 든 금을 보여 주었다. 알라딘은 그 가루를 2분의 1드라크마(약 1.24그램)만큼 달라고 했고, 상인은 가루의 무게를 달아 포장해서 내밀며 금화 한 냥을 요구했다. 알라딘은 상인에게 금화 한 냥을 치르고 가게를 나왔다. 먹을 것을 약간 사느라 지체한 것 외에는 한걸음에 다시 마을을 지나 궁궐로 돌아왔다. 비밀 문이 미리 열려 있었기 때문에 알라딘은 곧바로 들어와 공주의 처소로 올라갔다. 알라딘이 공주에게 말했다. "공주님, 말씀해 주신 것처럼 그동안 공주님께서 놈에게 반감을 갖고 대했기 때문에, 앞으로 제 조언에 따라 행동하시는 게 조금 힘드실 수도 있어요. 하지만 지금과 같은 힘든 상황에서 벗어나 술탄께 공주님을 다시 보는 기쁨을 안겨 드리고 싶다면, 이전과 다르게 행동하시고, 하기 싫은 것도 꾹 참으셔야 해요. 그러니 제 조언을 따라 공주님이 갖고 있는 옷 중에서 제일 아름다운 옷으로 지금 즉시 갈아입으세요. 그리고 아프리카 마법사가 들어오면, 가능한 한 따뜻하게 놈을 맞아 주세요. 밝은 표정으로 맞이하되, 감정을 들키지 말고, 어색함을 보여서도 안 돼요. 놈이 약간 고민하는 분위기를 비칠지 모르지만, 곧 사라질 거예요. 놈과 대화를 나누면서, 공주님께서 나를 잊기 위해 노력했다는 걸 깨닫게 하세요. 그렇게 해서 놈이 공주님을 확실히 믿게 되면 저녁 식사에 초대하세요. 그리고 이 나라에서 가장 훌륭한 술을 마시고 싶다는 뜻을 비치세요. 그러면 놈이 틀림없이 공주님 곁을 떠나 와인을 찾으러 갈 겁니다. 녀석이 오길 기다리는 동안, 공주님이 늘 마시는 것과 비슷한 잔에다가 이 가루를 넣으세요. 그리고 이 잔을 따로 잘 두세요. 이어 공주님이 시녀 한 명에게 신호를 보내면, 그 잔에 술을 가득 채워서 가져오라고 하세요. 공주님과 시녀의 손발이 잘 맞아야 해요. 헷갈리지 않고 아까 그 잔으로 가져오도록 주의하라고 하세요. 그러다 마법사가 돌아오면 식사를 하세요. 공주님께서 적당한 때가 됐다고 생각할 때까지 먹고 마신 뒤, 가루가 들어 있는 문제의 그 잔을 가져오라고 해서 마법사의 잔과 바꾸세요. 놈은 공주님께서 아량을 베푸시는 줄 알고 이를 거절하지 않을 거예요. 아마 한 방울도 남기지 않고 잔을 비우겠죠. 잔을 비우자마자 놈은 바닥에 쓰러지고 말 겁니다. 공주님께서는 놈의 잔으로 술을 마시는 게 내키지 않으시면 그냥 자연스럽게 마시는 척만 하세요. 가루가 즉시 효력을 발휘해서 녀석은 공주님이 술을 마시는지 안 마시는지 신경 쓸 겨를이 없을 겁니다."

알라딘이 이야기를 마치자 공주가 말했다. "그렇게 할게요. 꾹 참고 마법사에게 접근해 볼게요. 제가 왜 그렇게 해야 하는지 알겠어요. 그렇게 잔인한 상대에게 어떤 방법을 쓸 수 있겠어요! 일러 주신 대로 할게요. 거기에는 당신뿐만 아니라 내 안위도 달려 있으니까요." 공주의 협조로 그렇게 조치를 취한 뒤, 알라딘은 궁궐 주위에서 남은 하루를 보냈다. 그러면서 다시 비밀 문으로 다가가기 위해 밤이 오길 기다렸다.

바드룰부두르 공주는 슬픔을 달랠 길이 없었다. 예전이나 지금이나 변함없이 사랑하는, 의무감이 아니라 마음에서 이끌려 사랑하고 있는 남편과 헤어져서 슬펐고, 사랑하는 아버지인 술탄에 대한 생각으로도 슬펐다. 다정한 마음으로 자신을 그토록 사랑해 주시던 아버지였는데, 이토록 끔찍한 이별을 겪게 된 이후로 아버지를 미처 신경 쓰지 못했던 것이다. 게다가 마법사가 처음으로 모습을 드러냈을 때, 시녀들이 그를 알아보고 헌 램프를 가져간 작자였다고 알려 주고 난 뒤, 공주는 보통의 여자들이 신경 쓰는 청결 의무 또한 잊고 있었다. 마법사의 놀랍도록 교활한 술수에 겁이 났던 것이다. 그런데 복수의 기회가 찾아왔다. 진작 그랬어야 마땅한 작자이나, 일찍이 공주는 감히 복수할 엄두도 내지 못하고 있었다. 하지만 이제 알라딘의 마음에 드는 복수를 하기로 결심했다. 따라서 알라딘이 떠난 후, 공주는 곧바로 몸단장을 시작했고, 시녀들의 도움을 받아 가장 잘 어울리는 스타일로 머리도 꾸몄다. 그리고 계획을 실행하기에 가장 적합하고 화려한 옷을 입었다. 허리는 금과 다이아몬드가 박힌 벨트로 조였다. 보석들은 크기도 컸을 뿐 아니라, 공주와 더없이 잘 어울렸다. 그 위에 진주 목걸이를 했는데, 양쪽에 여섯 개씩 있는 알들은 가운데 있는 가장 크고 값비싼 진주알과 조화롭게 균형을 이루고 있었다. 가장 작은 진주알만 해도 딱 적당한 크기였기 때문에 이것만 해도 이 세상 최고의 왕비들이 탐낼 만한 목걸이였다. 다이아몬드와 루비가 섞인 팔찌는 화려한 벨트와 목걸이에 환상적으로 조화를 이루고 있었다.

† 알라딘과 요술램프 †

옷을 다 입자 바드룰부두르 공주는 거울에 자신을 비추어 보았다. 그리고 자신의 차림새에 대한 시녀들의 의견을 들었다. 공주는 마법사가 갖고 있는 뜨거운 연모의 마음을 흔들어 놓기에 손색이 없다고 판단되자 소파에 앉아 그를 기다렸다.

그날도 역시 마법사는 어김없이 늘 오던 시간에 공주를 찾아왔다. 공주는 스물네 개 십자창이 있는 거실 문으로 들어서는 마법사를 보자마자 아름답고 매력적인 자태로 자리에서 일어나 그가 앉을 자리를 손짓으로 가리켰다. 그러고는 마법사가 앉는 동시에 자신도 자리에 앉았다. 공주가 이렇듯 각별한 인사로 마법사를 맞이하는 것은 처음 있는 일이었다.

공주의 몸을 장식한 반짝이는 보석들보다도 그녀의 아름다운 눈빛에 매료된 마법사는 놀라움을 금할 길이 없었다. 공주가 자신을 맞이하던 우아하고 기품 있는 분위기는 그동안의 꾀죄죄한 모습과 너무도 달라 마법사는 무척이나 혼란스러웠다. 마법사는 일단 소파 가장자리에 앉고 싶었으나, 공주가 거기에는 앉기를 원하지 않았기에, 권하는 자리에 순순히 앉았다.

공주는 당황한 기색이 역력한 마법사를 진정시키기 위해 먼저 말을 걸었다. 이전처럼 마법사를 가증스럽게 보지 않는다는 점을 주지시키는 듯한 눈빛으로 공주가 말했다. "지금까지 한 번도 본 적 없는 색다른 모습의 저를 보셔서 꽤 놀랐을 거예요. 제가 원래는 슬픔이나 우울함, 침통함, 근심 같은 거랑 거리가 먼

성격인데다 가능한 한 빨리 이런 감정들을 멀리하려 애쓰고 있다는 사실을 안다면, 그렇게 놀라실 것도 없어요. 그리고 이제 더 이상 그런 감정들에 빠져 있을 이유가 없다는 걸 깨달았어요. 생각해 보니 알라딘의 운명에 대해 설명해 주신 것도 그렇고, 아버지가 느끼고 계실 기분 상태도 그렇고, 말씀하신 대로 알라딘이 아버지의 노여움을 피할 길은 없었을 거라고 믿어 의심치 않아요. 그리고 평생 동안 남편을 그리며 계속해서 눈물을 흘린들, 그 눈물이 남편을 되살릴 수 없다는 것도 잘 알아요. 그래서 남편이 죽기 전까지 내가 해야 할 사랑의 의무를 다했으니, 이제는 나 자신을 위로할 모든 방법을 찾아야겠단 생각이 들더군요. 그래서 보시는 것처럼 이렇게 제 모습이 달라진 거랍니다. 슬픈 생각들은 죄다 멀리 보내 버리기 위해 이렇게 당신과의 저녁 식사를 준비하라고 시켰어요. 이제 슬픔 따위는 완전히 떨쳐 버리기로 결심했고, 당신이 내 동반자가 되고 싶어 한다는 확신이 들었거든요. 하지만 제게 있는 술이라고는 온통 중국술밖에 없는데, 지금 이곳은 아프리카니까 아프리카산 술을 한 번 맛보고 싶어요. 그리고 당신은 아프리카의 술 가운데에서도 가장 훌륭한 술을 가져오실 수 있을 것 같아요."

 이렇게 빠르고 손쉽게 공주의 마음을 얻는 행복을 누리기란 불가능하다고 생각했던 마법사는 공주의 호의에 얼마나 감동을 받았는지 제대로 표현할 말을 못 찾겠다는 의사를 표했다. 그리고 마법사는 이야기를 어떻게 마무리해야 할지 몰랐기 때문에 가급적 서둘러 대화를 끝내고 공주가 이야기한 아프리카 술 얘기로 넘어갔다. 마법사는 아프리카의 자랑거리 가운데 하나가 바로 맛 좋은 훌륭한 포도주를 생산한다는 점이며, 특히 공주가 있는 이 지역의 포도주 맛이 기가 막히다고 했다. 아직 손을 대지 않은 7년 묵은 포도주가 하나 있는데, 과찬이 아니라 이 포도주는 정말로 이 세상에서 가장 맛이 좋은 포도주도 능가한다는 것이다. 그리고 공주에게 이렇게 말했다. "공주님께서 괜찮으시다면, 제가 가서 그 가운데 두 병을 가지고 금세 돌아오겠습니다."

"번거롭게 해드려서 죄송하네요. 누군가 사람을 보내는 게 낫지 않을까요?"

"아닙니다. 거기는 제가 가야 합니다. 저 말고는 그 누구도 가게 열쇠가 어디에 있는지 모르는데다, 문을 여는 비밀도 저밖에는 모르거든요."

"정 그렇다면 다녀오세요. 빨리 오셔야 해요. 시간이 지체될수록, 당신을 기다리느라 조급해질 것 같아요. 돌아오시는 대로 곧장 식사를 시작할 테니, 명심하고 어서 다녀오세요."

마법사는 눈앞에 예정된 행복에 대한 기대감으로 한껏 부풀어 올랐다. 그는 7년 묵은 포도주를 가지러 급하게 뛰어간 게 아니라 거의 날아가다시피 했다. 이어 부리나케 다시 공주에게로 달려왔다. 마법사가 당연히 서둘러 갔다 올 것을 예상하고 있던 공주는 따로 마련해 둔 잔에 가루를 손수 집어넣고 막 모든 준비를 마친 상태였다. 마법사가 음식이 마련된 뷔페 상차림 쪽을 등지고 돌아앉아 두 사람은 서로 마주보고 식사를 하기 시작했다. 마법사에게 더 맛있는 것들을 건네주며 공주가 말했다. "원하시면 노래나 악기 연주를 들려 드리고 싶은데, 우리 두 사람밖에 없으니 대화를 나누는 게 더 즐거울 것 같기도 해요." 마법사는 공주의 이러한 제의를 또 하나의 호의로 받아들였다.

어느 정도 식사를 한 뒤, 공주는 마법사를 위한 건배를 제의하며 포도주를 마시자고 했다. 포도주를 마실 때, 공주가 말했다. "당신 말이 옳았어요. 이 포도주는 정말 찬양할 만한 술인걸요. 이렇게 맛 좋은 포도주는 지금껏 먹어 본 일이 없어요." 그러자 방금 전에 자기 앞에 놓인 잔을 손에 들며 마법사가 말했다.

"사랑스러운 공주님, 이 포도주가 공주님의 칭찬 때문에 더욱 좋은 술이 된 듯합니다."

"이번에는 저를 위해 건배해요. 저도 술 좀 한다는 걸 아시게 될 걸요?"

마법사는 공주를 위해 건배하며 술을 마셨다. 그리고 잔을 내려놓으며 말했다. "공주님, 이 술을 이렇게 좋은 때에 마시게 되어 다행입니다. 사실 저는 이런 식으로 더없이 좋은 분위기에서 술을 마신 적이 없었습니다."

그렇게 두 사람이 계속해서 맛 좋은 음식을 즐기며 세 잔을 더 마셨을 때쯤, 상냥하고 기품 있는 매력으로 마법사를 사로잡은 공주가 시녀에게 자신의 잔에 술을 가득 채우고, 마법사의 잔에도 술을 채워 달라고 명했다. 시녀가 준비된 술잔에 술을 내오고, 두 사람이 각자 자기 잔을 들었을 때, 공주가 말했다. "사실 저는 좋아하는 사람들끼리 이렇게 함께 술을 마실 때 이 나라에서는 어떻게 하는지 잘 모르겠어요. 중국에서는 두 연인이 각자 자기 잔을 내놓고 건배를 하며 서로 술잔을 바꿔 마시거든요." 공주는 자기 잔을 내려놓는 동시에 마법사의 잔을 받기 위해 손을 내밀었다. 이러한 호의를 자신이 공주의 마음을 완전히 정복한 증거라고 생각한 마법사는 더없이 기뻐하며 서둘러 공주와 잔을 바꿔 들었다. 마법사는 완전히 행복에 사로잡혔다. 술을 마시기 전, 한 손에 잔을 들고 마법사가 말했다. "공주님, 온갖 즐거움으로 사랑의 묘미를 더하는 기술에 있어 아프리카 사람들이 중국 사람들만큼 세련되려면 아직 멀었습니다. 공주님께 이런 가르침을 얻고 보니, 제가 어느 정도로 공주님의 호의를 받고 있는지도 알 것 같습니다. 공주님, 이를 결코 잊지 않을 것입니다. 공주님의 잔에 든 술을 마시면서, 저는 삶을 되찾는 셈이 될 겁니다. 공주님께서 계속 저를 매정하게 대하셨다면 더 이상 살아갈 희망을 잃어버렸을 테니까요."

마법사의 장황한 연설에 지루해진 바드룰부두르 공주는 그의 말을 끊으며 말했다. "마셔요, 우리. 그러고 나서 하고 싶은 이야기를 계속 해주세요." 공주가 잔을 들어 입술만 살짝 대는 동안, 마법사는 공주보다 먼저 마시려고 서둘렀고, 한 방울도 남기지 않은 채 잔을 다 비웠다. 잔을 다 비운 마법사는 고개가 약간 뒤로 젖혀졌으나, 자신의 건재함을 보이기 위해 잠시 그 상태를 유지하였다. 그러다 결국 눈이 돌아가더니 바닥에 털썩하며 뒤로 넘어갔다. 그때까지 공주는 계속해서 술잔에 입술만 축이고 있었다.

이후 공주가 알라딘에게 비밀 문을 열어 주라고 지시할 필요도 없었다. 주위를 배회하던 시녀들은 계단 아래까지 거실 도처에 배치되어 있었고, 마법사가 거꾸로 쓰러지자마자 거의 동시에 알라딘에게 문을 열어 주었다.

이어 알라딘이 올라와 거실로 들어갔다. 소파에 뻗어 있는 마법사를 보자마자 공주가 자신에게 달려와 부둥켜안으며 기쁨을 표출하는 걸 저지하며 말했다. "공주님, 아직은 기뻐할 때가 아니에요. 잠시만 저를 혼자 있게 나가 주세요. 공주님께서 이곳으로 날아오시게 됐을 때랑 똑같이 신속하게 다시 중국으로 되돌려 보내 드릴 시간 동안만이면 돼요."

공주가 시녀와 환관들과 함께 거실 밖으로 나가자 알라딘은 문을 닫고 혼자 남았다. 알라딘은 쓰러진 마법사의 시신 곁으로 다가가 웃옷을 젖히고 램프를 꺼냈다. 램프는 공주가 설명한 대로 잘 싸여 있었다. 알라딘은 램프를 빼내어 문질렀다. 그러자 곧 램프의 정령이 나타나 언제나처럼 하는 의례적인 말을 했다. 알라딘이 정령에게 말했다. "정령이여, 너의 선량한 주인인 램프를 대신하여 명하노니, 이 궁전이 중국에서 원래 있던 그 자리, 그 장소로 즉시 옮겨지게 하라." 그러자 정령은 고개를 숙이며 명령에 따르겠다는 표시를 한 뒤 사라졌다. 곧이어 궁전은 중국에 있는 술탄의 궁전 맞은편으로 옮겨졌고, 아프리카에서 들어올려질 때와 중국에 내려질 때 두 번의 미동밖에는 느껴지지 않았다. 궁전은 매우 짧은 시간 동안 옮겨졌다.

알라딘은 공주의 처소에서 내려와 공주를 껴안으며 말했다. "공주님, 내일 아침이면 공주님도 저도 확실히 마음 놓고 기뻐할 수 있게 됐어요." 공주도 아직 저녁 식사를 다 마치지 않은 상태였고, 알라딘도 무언가를 먹어야 했으므로, 공주는 스물네 개 십자창이 있는 거실로 준비된 음식을 내오도록 했다. 음식은 거의 손도 안 댄 상태였다. 공주와 알라딘은 함께 식사를 하고, 마법사가 가져온 맛 좋은 포도주를 마셨다. 물론 두 사람은 더없이 즐겁게 이야기를 나누었다. 이후 둘은 침실로 함께 들어갔다.

알라딘의 궁이 사라지고 공주가 납치된 이후, 술탄은 공주를 잃었다는 생각에 하루도 마음 편할 날이 없었다. 술탄은 밤낮으로 잠도 거의 못 잤고, 낙심한 상태에서 헤어나려고 애를 쓰지도 않은 채 오히려 비탄에 잠겨서만 지내려고 했다. 게다가 전에는 봐도 봐도 또 보고 싶은 궁전을 바라보는 낙에 매일 아침 한 번씩 집무실에 갔지만, 이제는 하루에도 몇 번이고 가서 눈물을 흘리며 깊은 슬픔에 빠져들었다. 그토록 애지중지하던 딸을 다시는 볼 수 없게 됐고, 세상에서 가장 소중한 딸을 잃어버렸다는 생각에서였다. 새벽빛이 어스름하니 밝아 올 무렵, 술탄은 언제나처럼 집무실로 향했다. 알라딘의 궁전이 다시 제자리로 옮겨진 그날 아침이었다. 술탄은 집무실에 들어서면서 다시금 수심에 잠겼고, 한없는 고통의 세계로 빠져 들었다. 술탄은 허공 밖에 없을 광장 쪽으로 서글픈 시선을 던졌다. 그런데 그 비어 있던 공간이 무언가로 가득 메워져 있는 것이었다. 술탄은 안개가 서려 있는 모양이라고 생각했다. 그리고 다시 정신을 차리고 살펴보니, 그곳에는 확실히 알라딘의 궁전이 들어서 있었다. 슬픔과 비탄에 잠겨 있던 술탄의 마음에는 기쁨과 환희가 들어찼다. 술탄은 발걸음을 재촉하여 처소로 돌아가서는 안장을 얹은 말을 대령시켰다. 술탄은 곧 말에 올라타고 궁을 나섰고, 금세 알라딘의 궁에 도착했다.

 앞으로 일어날 상황을 미리 예상했던 알라딘은 동이 트자마자 자리에서 일어났다. 그리고 옷장에서 가장 근사한 옷으로 꺼내 입고 스물네 개 십자창이 있는 거실로 올라가 술탄이 오는 걸 지켜봤다. 알라딘은 아래로 내려가 계단 밑에서 때맞춰 술탄을 맞이할 준비를 하고 있었다. 알라딘은 술탄이 말에서 내리는 걸 도와줬다. 술탄이 말했다. "딸아이가 무사한 걸 보고 내 품에 안기 전에는 아무 말도 못 하겠구나."

알라딘은 공주의 처소로 술탄을 안내했다. 아침에 일어나면서 알라딘이 이제 아프리카가 아니라 중국 도성 안 술탄의 궁 맞은편에 있다는 사실을 귀띔해 주었기 때문에 공주도 막 옷을 다 차려입은 터였다. 술탄은 몇 번이고 공주를 부둥켜안으며 기쁨의 눈물을 흘렸다. 공주 또한 술탄을 다시 보게 되어 더없이 기쁘다는 표시를 했다.

소중한 딸을 잃었다고 애통해하다 다시 되찾은 감동에 술탄은 잠시 말문이 막혀 입을 열지 못했다. 아버지를 다시 만난 기쁨에 공주 또한 얼굴이 온통 눈물로 범벅이 되었다.

이윽고 술탄이 입을 열었다. "공주, 이 아버지를 다시 봐서 그러느냐, 마치 힘든 일이 전혀 없었던 것처럼 네 모습이 별로 달라지지 않았구나. 그래도 고생이 심했을 거라는 거 안다. 그렇게 갑작스럽게 궁전이 통째로 옮겨졌는데, 어찌 놀라지 않고 어찌 무섭지 않았겠느냐. 그동안 있었던 일들을 하나도 빠짐없이 짐에게 다 이야기해 보라."

공주는 술탄이 안도하는 데에 기뻐하며 말했다. "폐하, 소녀가 이전과 별로 달라 보이지 않는 까닭은 바로 저를 구해 준 사랑하는 남편 알라딘 왕자님이 나타난 어제 아침부터야 비로소 소녀가 제대로 숨을 쉬기 시작했기 때문입니다. 그전까지 소녀는 남편을 잃었다는 생각에 눈물로 하루하루를 보냈사옵니다.

그리고 다시금 낭군님의 품속에 안기는 행복을 되찾아 이전과 거의 비슷한 상태가 된 것입니다. 하지만 솔직히 말씀드리면 폐하와 남편의 곁에서 떨어진 순간부터 소녀의 괴로움은 이루 말할 데가 없었습니다. 사랑하는 사람의 곁에서 멀어져서 슬프기도 했지만, 폐하의 노여움이 좋지 않은 결과를 불러오리란 걱정도 있었습니다. 아무 죄도 없는 알라딘 왕자님이 폐하의 노여움을 사리라는 건 불 보듯 훤했으니까요. 저를 납치해 간 작자의 무례함으로 인한 고통은 별로 없었습니다. 그자는 잡설을 늘어놓았지만 제 환심을 사지는 못했고, 저는 그에게 완고한 입장을 보여 그런 말들을 막아냈습니다. 게다가 지금만큼이나 구속받지 않고 지냈습니다. 주목하셔야 할 부분은 이번 납치 사건과 알라딘 왕자님은 전혀 무관하다는 것입니다. 모든 건 소녀의 잘못이옵니다. 하지만 소녀 역시 아무것도 모르고 그리한 것입니다."

공주는 자신의 말이 진실이라는 걸 술탄에게 설득시키기 위해 상인으로 위장한 마법사가 헌 램프를 새 램프로 바꿔 주겠다고 술수를 쓴 것에 대해 상세히 말하고, 램프의 신비한 힘과 중요성을 모르고 자신이 장난삼아 알라딘의 램프와 새 램프를 교환했던 일도 자세히 이야기해 주었다. 그리고 이렇게 램프를 교환하고 난 뒤 자기와 궁전이 함께 납치되어 아프리카로 옮겨진 일이나, 겁도 없이 이 무모한 짓을 벌이고 나서 마법사가 나타나 청혼했을 때에야 램프를 바꾸러 나갔던 환관이 그의 얼굴을 알아본 일도 이야기했다. 이어 공주는 알라딘이 오기 전까지 했던 고생과 더불어 마법사가 지니고 있던 램프를 빼내기 위해 두 사람이 합작하여 공모한 계책에 대해서도 설명했다. 자신이 속내를 감추고 마법사를 만찬에 초대해 독배를 내미는 등 어떻게 계획을 성공시켰는지도 이야기했다. 그리고 이렇게 덧붙였다. "나머지는 알라딘 왕자님이 설명해 주실 거예요."

알라딘은 술탄에게 별로 더할 이야기가 없었다. "시녀들이 비밀 문을 열어 줘서 십자창 거실로 올라가 보니 몸에 독이 퍼진 마법사가 죽은 채로 소파에 널브러져 있더라고요. 공주님이 그곳에 더 계시는 건 위험하다고 판단되어 시녀 및 환관들을 데리고 처소로 내려가 계시라고 부탁을 드렸지요. 이어 저는 혼자 남아서 마법사의 품속에서 램프를 꺼낸 뒤, 그가 공주님을 납치하여 이 궁전을 옮겼을 때 사용했던 것과 같은 신비의 힘을 사용했습니다. 그렇게 해서 궁전을 다시 제자리로 돌아오게 만들었지요. 하명하신 대로 공주님을 다시 폐하의 품에 안기게 해드려 다행입니다. 폐하를 속일 생각은 전혀 없습니다. 만일 폐하께서 친히 거실로 올라가 보신다면, 저지른 죄에 마땅한 벌을 받은 마법사의 시신을 볼 수 있으실 겁니다."

술탄은 이야기의 진위를 완전히 파악하기 위해 자리에서 일어나 거실로 올라갔다. 독 기운이 퍼져 푸르스름해진 얼굴로 죽어 있는 마법사를 본 술탄은 무척 다정하게 알라딘을 껴안으며 말했다. "자네에게 나쁜 의도로 그렇게 모질게 군 건 아니었네. 단지 딸을 사랑하는 아비의 마음으로 어쩔 수 없이 그런 것이었어. 내가 자네에게 심한 짓을 한 걸 용서해 주겠나?"

"폐하, 소인은 폐하로부터 응당 받아야 할 지탄을 받았을 뿐이옵니다. 폐하께서는 하실 일을 하셨을 뿐이라 사료되옵니다. 제가 용서할 수 없는 것은 오직 인간 말종인 이 비열한 마법사뿐입니다. 폐하께서 언제 시간이 되신다면, 저자가 소인에게 저질렀던 악행을 이야기해 드리겠습니다. 신의 각별한 가호로 살아날 수 있었지만, 이번 일 못지않게 비열한 행위였습니다."

"짐이 친히 시간을 마련하여 곧 그 이야기도 들어보도록 하겠다. 다만 지금은 이 지긋지긋한 일은 그만 이야기하고 즐겁게 지낼 생각만 하고 싶도다."

알라딘은 아프리카 마법사의 시신을 길바닥에 갖다 던져 날짐승과 들짐승의 먹이가 되도록 하라는 명을 내렸다. 한편 술탄은 북과 팀파니, 트럼펫 등의 악기로 궁 안의 경사를 만천하에 알리도록 지시했고 공주와 알라딘, 그리고 궁을 되찾은 것을 기념하며 열흘간의 축제를 공표했다.

이렇게 해서 알라딘은 두 번째로 꼼짝없이 목숨을 잃을 뻔한 위기를 모면했다. 하지만 이게 끝이 아니었다. 알라딘에게 세 번째 위기가 닥쳐오고 있었으니, 이에 대한 이야기를 들어보자.

아프리카 마법사에게는 동생이 하나 있었는데, 마술을 부리는 데는 형 못지않게 솜씨가 좋았다. 특히 사악한 기교나 음흉한 수법에 있어서는 죽은 형을 능가하는 수준이었다. 두 사람은 늘 한 마을에서 함께 살지 않았던 데다, 한 사람이 일어나면 다른 한 사람이 자는 때가 빈번했다. 그래서 두 사람은 세계 어느 곳에 있던지 해마다 흙점을 이용한 주술로 서로 어떻게 지내고 있는지, 한쪽이 다른 한쪽을 구해 줄 일은 없는지 빠짐없이 확인했다.

아프리카 마법사가 알라딘의 행복을 망쳐 놓으려던 수작이 수포로 돌아간 지 얼마 후, 그는 아프리카가 아닌 다른 먼 곳에 살고 있던 데다 일 년째 형의 소식을 듣지 못했기에, 형이 어디서 어떻게 지내고 있으며, 거기서 뭘 하고 있는지 알아보고 싶었다. 동생은 형과 마찬가지로 흙점을 보는 주술 상자를 들고 한 장소로 향했다. 그는 상자를 들고 모래를 이용하여 점괘를 던졌다. 그리고 거기에서 모양을 읽어 내어 점을 쳤다. 매번 점괘를 읽을 때마다, 동생은 형이 더 이상 이 세상 사람이 아니라는 걸 알게 됐다. 형이 독살을 당했으며, 갑작스럽게 죽었고, 그 일이 중국에서 일어났다는 사실, 이러이러한 장소에 위치한 중국의 도성 안에서 일어났다는 사실을 알아냈으며, 끝으로 형을 독살한 자가 술탄의 딸과 결혼한 어느 좋은 가문의 남자라는 사실까지 알아냈다.

이런 식으로 형의 불행한 운명을 알게 된 동생 마법사는 애석해하고 있을 시간이 없었다. 그런다고 형이 다시 살아 돌아오는 것도 아니었다. 동생은 즉시 형의 복수를 결심하고 말을 타고 중국으로 향했다. 사막과 평야를 지나 산을 넘고 물을 건너며 극도로 피로해도 쉬지 않고 달려 오랜 여정 끝에 결국 중국에 당도했다. 그리고 얼마 후, 점괘를 통해 알게 된 도성 안에 도착했다. 동생은 왕국을 잘못 찾아간 것도 아니었으며, 틀림없이 문제의 그 장소에 도착했다. 그리고 그곳에서 발길을 멈추고 숙소를 정했다.

목적지에 도달한 다음 날, 동생 마법사는 밖으로 나갔다. 도성 안을 돌아다니며 경치를 감상하려는 목적이 아니었다. 그런 건 관심에도 없었다. 오로지 자신의 사악한 계획을 실행하리라는 일념으로, 마법사는 사람들이 가장 많이 붐비는 곳으로 들어가 그들의 말에 귀를 기울였다. 사람들이 모여 한 쪽에서 이런저런 놀이를 하는 동안, 다른 한 쪽에서는 이런저런 이야기가 오고 갔다. 새로운 뉴스거리나 당시 일어난 사건들을 이야기하기도 하고, 자신이 겪은 일을 이야기하기도 했다. 그는 사람들이 주고받는 이야기에 귀를 기울이던 중, '파티마'라고 불리는 여인이 세상과 떨어져 신앙심을 바탕으로 신비로운 효력을 발휘한다는 이야기를 들었다. 마법사는 이 여자가 자신의 계획에 유용할 수 있을 거라 생각하고 일행 중 한 명을 불러내어 이 성녀에 대해 좀 더 자세히 물어보고, 그녀가 어떤 기적을 일으켰는지도 알아보았다.

"뭐요? 아직 이 여자에 대한 이야기를 한 번도 못 들어봤단 말이요? 단식을 하며 검소하고 엄격하게 살아가는 것이나, 모범적인 행동을 하는 것이나 모두 세간의 감탄을 자아내고 있소. 월요일과 금요일을 제외하고는 처소 밖으로 나오지 않고, 마을에 모습을 보이는 날도 한없이 좋은 일만 하고 다닌다오. 그뿐인 줄 아쇼? 여인이 치료한 사람치고 두통에 시달리는 사람은 하나도 없소이다."

마법사는 여인에 대해 더 많이 알려고 하지 않았다. 다만 이 성녀가 사는 은신처가 어느 곳에 있는지만 물어보았다. 남자는 아프리카 마법사에게 위치를 알려 주었다. 곧 있다 밝혀질 계획에 대해 구상하다가 잠시 중단한 마법사는 이 문제를 좀 더 확실히 알아보기 위하여 여인이 바깥으로 나온 첫 날부터 행동을 모조리 감시했다. 밤이 되어 여인이 외딴 처소 안으로 들어가는 순간까지 빠짐없이 미행한 마법사는 이 같은 조사를 마친 후, 사람들이 앞서 말했던 '차'라고 하는 뜨거운 음료를 마시는 곳을 눈여겨보다가 들어갔다. 그곳에서 원한다면 밤을 보낼 수도 있었는데, 특히 한창 분위기가 무르익을 경우에 그러했다. 이 나라에서는 침대보다 바닥에 자리를 깔고 자는 걸 더 좋아했다.

돈을 좀 써서 그곳의 주인으로부터 환심을 산 마법사는 자정 무렵에 밖으로 나와서 마을 사람들이 모두 '성녀 파티마'라고 부르는 여인의 외딴 처소로 곧장 향했다. 여인이 걸쇠로만 잠가 두었기 때문에 마법사는 어렵지 않게 문을 열 수 있었다. 마법사는 집 안으로 들어가 조용히 다시 문을 잠갔다. 그는 달빛에 비친 파티마를 알아보았다. 파티마는 허름한 돗자리를 덮은 소파 위에서 벽에 기댄 채 잠들어 있었다. 마법사는 파티마에게 다가가서 한쪽에 지니고 있던 칼을 꺼내 들고 그녀를 깨웠다.

잠에서 깬 불쌍한 파티마는 칼로 자신을 찌를 태세를 하고 있는 낯선 남자를 보고 크게 놀랐다. 가슴팍에 칼을 들이대고 찌를 듯한 자세로 아프리카 마법사가 말했다. "비명을 지르거나 조금이라도 소리를 내면 죽여 버리겠다. 자리에서 일어나 얼른 시키는 대로 해!"

파티마는 겁에 질려 자리에서 일어났다. 마법사가 그녀에게 말했다. "겁먹을 것 없어. 네 옷만 있으면 되니까. 네 옷을 내게 주고 내 옷을 입어라." 둘은 서로 옷을 바꿔 입었고, 파티마의 옷을 입은 마법사가 말했다. "내 얼굴을 네 얼굴처럼 물들여라. 네 얼굴이랑 비슷하게 만들어야 한다. 그리고 색이 지워져서도 안 된다." 파티마가 여전히 벌벌 떨고 있자, 그녀를 안심시켜서 원하는 걸 보다 안전하게 얻기 위해 마법사가 말했다. "다시 한 번 말하지만, 겁먹을 것 없다니까. 신의 이름을 걸고 맹세컨대, 목숨만은 살려 주마." 파티마는 마법사를 자신의 방으로 들였다. 램프에 불을 밝힌 뒤, 통 안의 염료를 붓에 찍어 마법사의 얼굴에 칠하고, 색이 변하지 않도록 만들어 자신의 얼굴색과 똑같이

† 알라딘과 요술램프 †

만들었다. 이어 마법사에게 자기랑 똑같이 머리 장식을 만들어 주고, 베일을 씌운 뒤 마을을 돌아다닐 때 이걸로 어떻게 얼굴을 가리는지도 알려 주었다. 끝으로 목에 허리까지 내려오는 커다란 묵주를 걸어 주었고, 손에는 자신이 늘 가지고 다니는 것과 똑같은 막대기를 쥐어 주었다. 그리고 그를 거울 앞에 데리고 가 말했다. "보세요. 제 모습과 비슷해졌을 거예요. 이보다 더 비슷하게 할 수는 없어요." 마법사는 자신이 원했던 모습이 되었지만, 신을 걸고 파티마에게 했던 엄숙한 맹세는 지키지 않았다. 혈흔이 남지 않도록 하기 위해 그는 파티마를 칼로 찌르지 않고 목을 졸라 죽였다. 마법사는 그녀의 숨이 끊어진 것을 확인한 뒤, 처소의 물 저장고가 있는 곳까지 시신의 다리를 든 채 끌고 가서 그 안에 던져 버렸다.

이렇게 하여 성녀 파티마로 가장한 마법사는 악독하고 더러운 살인자가 되어 그녀의 처소에서 남은 밤을 보냈다. 다음 날 아침, 마법사는 성녀 파티마가 외출하지 않는 날인데도 개의치 않고 밖으로 나갔다. 설마 하니 사람들이 이에 대해 캐물을 리 있겠냐 싶기도 했고, 만일 묻더라도 얼마든지 대답할 준비가 되어 있었다. 이곳에 오자마자 제일 먼저 한 일은 알라딘 궁전의 위치를 알아보는 것이었고 가짜 파티마 연기를 할 곳도 바로 거기였기에, 마법사는 알라딘의 궁으로 향했다.

사람들은 성녀 분장을 한 마법사를 보고 모두 성녀라고 생각했고, 벌떼같이 주위로 몰려들어 에워쌌다. 성녀에게 기도를 해달라는 사람도 있었고, 손에 입을 맞추는 사람도 있었으며, 보다 조심스러운 사람들은 치마 밑단에만 입을 맞추었다. 머리가 아파서건, 단지 구원을 받기 위해서건, 성녀 앞에서 절을 하며 안수 기도를 해달라고 부탁하는 이들도 있었다. 그리하여 마법사는 기도하는 시늉을 하며 몇 마디 지껄였고, 너무나도 성녀 흉내를 잘 냈기 때문에, 모두들 그를 성녀라고 생각했다. 아프리카 마법사가 안수 기도를 해준들 아무런 이득도 손해도 얻지 못했을 이 사람들의 청을 들어주느라 중간 중간에 여러 번 멈춰 선 끝에, 드디어 알라딘의 궁전이 있는 광장에 도착했다. 광장에는 인파가 더 많았던 만큼, 그의 곁으로 다가오려고 열성인 사람들도 더 많았다. 가장 극성인 사람들은 사람들 사이를 헤치고 나오기도 했다. 그러면서 소동이 빚어지기도 했는데, 이 소리가 십자창 거실에 있던 바드룰부두르 공주의 귀에까지 들어갔다.

공주는 이 소리가 무슨 소리냐고 물었다. 아무도 아는 사람이 없자, 내려가서 무슨 일인지 보고 오라고 지시했다. 안에서 덧문을 통해 이를 지켜본 한 시녀가 성녀에게 안수 기도를 받아 두통을 고치기 위해 모여든 군중들 때문에 소란스럽다고 설명했다.

공주는 오래전부터 성녀의 수많은 선행을 들어왔지만 아직까지 만난 적이 없었다. 그리하여 성녀를 만나 이야기를 나눠 보고 싶은 호기심이 발동했다. 공주가 이 얘기를 털어 놓자, 그 자리에 있던 환관대신이 나서서 성녀를 데리고 올 테니 분부만 내려 달라고 했다. 공주가 그러라고 하자 환관대신은 곧 네 명의 다른 환관들과 함께 예의 그 성녀를 데리러 갔다.

환관들이 궁에서 나와 성녀로 가장한 마법사가 있는 쪽으로 오는 걸 보고, 군중들은 마법사의 주위에서 조금씩 흩어졌다. 덕분에 거동이 편해진 마법사는 환관들이 자기 쪽으로 오는 것을 보고 한 고비 넘겼다고 생각했다. 자신의 계략이 순탄하게 진행되는 것 같아 더 기분이 좋았다. 환관 가운데 한 명이 말했다.
"성녀여, 공주님께서 그대를 보고자 하신다. 우리를 따라오라."
그러자 가짜 파티마가 대답했다. "공주님께서 소인을 찾으신다 하오니, 더없는 영광이옵니다. 소인, 분부대로 따르겠나이다."
가짜 성녀는 곧 환관들의 뒤를 따라 궁으로 향했다.

시커먼 속내를 감춘 마법사는 십자창이 있는 거실로 들어가 공주를 보자, 그녀의 건강과 번영을 기원하며 장황한 기도를 늘어놓기 시작했다. 공주가 원하는 것을 모두 다 이룰 수 있도록 기도하기도 했다. 이어 마법사는 엄청난 신앙심의 옷을 걸치고서는 사기꾼과 위선자의 온갖 수사학을 동원하여 별의별 말을 다 늘어놓으며 공주의 마음을 완전히 사로잡았다. 아프리카 마법사가 보다 쉽게 공주를 속일 수 있었던 이유는 천성적으로 착한 공주가 모든 사람들이 자기처럼 착할 거라고 확신했기 때문이었다. 더군다나 속세를 떠나 조용히 살며 신에게 봉사하는 걸

업으로 삼고 있는 사람이라면 더 볼 것도 없었다.

장황한 연설을 끝마친 가짜 파티마에게 공주가 말했다. "성녀님, 제게 이토록 훌륭한 기도를 해주셔서 감사해요. 저는 성녀님께서 해주신 기도를 믿어요. 신께서 이 기도를 들어주셨으면 좋겠어요. 제 곁으로 가까이 와서 이쪽으로 좀 앉으세요." 가짜 파티마는 짐짓 겸손한 척하며 자리에 앉았다. 그리고 공주가 다시 말을 이었다. "성녀님, 한 가지 부탁이 있어요. 부디 거절하지 마세요. 그건 바로 성녀님께서 제 곁에 머물러 주시면 어떨까 하는 거예요. 그러면 성녀님께서 생활하시는 데에도 도움이 될 테고, 저 또한 모범적인 성녀님을 보면서 어떻게 하면 신께 봉사할 수 있을지 알 것 같아요."

그러자 가짜 파티마가 말했다. "공주님, 제가 기도와 신앙 수련을 등지지 않고는 허락할 수 없는 그런 요구는 하지 말아 주세요." 그러자 공주가 이어 말했다. "그렇게 하는 것이 성녀님을 힘들게 하지는 않을 거예요! 이곳에는 비어 있는 방이 굉장히 많답니다. 그 가운데 가장 마음에 드시는 걸 하나 고르셔서 얼마든지 지금 계시는 곳에서처럼 자유롭게 수련을 하시면 될 거예요."

사실 마법사의 유일한 목적은 알라딘의 궁 안으로 잠입해 들어가는 것이었다. 공주의 협조와 비호를 받으며 머물 수 있는 궁 안이라면 자신이 생각했던 간계를 실행하는 게 보다 수월할 터였다. 성녀 파티마의 외딴 처소와 알라딘의 궁전 사이를 귀찮게 오갈 필요도 없었다. 그렇기에 공주의 호의적인 제안을 더는 사양하지 않았다. 아프리카 마법사가 말했다. "공주님, 소인은 화려하고 성대한 세상을 등지기로 결심한 가난하고 비루한 여인일 뿐이온지라, 감히 신실하고 자비로우신 공주님의 뜻을 거역하는 무모함은 저지를 수 없을 듯하옵니다."

마법사가 이렇게 대답하자 공주는 자리에서 일어나며 말했다. "그럼 저를 따라오세요. 궁 안의 빈방을 함께 보러 가시죠." 마법사는 공주의 뒤를 따라갔다. 공주가 보여 주는 방들은 무척이나 깨끗하고 가구도 잘 갖추어져 있는 상태였다. 마법사는 그 가운데 다른 방들보다 작아 보이는 방을 하나 골랐다. 그러고는 그 정도만 해도 과분하다며 위선을 떨었으나, 그건 오로지 공주의 환심을 사기 위해서였다.

공주는 교활한 마법사를 십자창 거실로 데려가 함께 점심 식사를 하려 했다. 그런데 식사를 하자면 베일로 가린 얼굴을 드러내야 했으므로, 진짜 성녀 파티마가 아닌 게 탄로 날까 두려웠던 마법사는 공주와의 식사를 한사코 거절했다. 자기는 빵과 마른 과일 몇 개 정도밖에 먹지 않는다고 둘러대며 자기 방에서 간소한 식사를 할 수 있게 해달라고 부탁했다. 공주는 그런 그의 청을 들어주었다. 공주가 말했다. "성녀님, 이전 처소에 계시던 대로 편하게 지내세요. 그럼 성녀님께 먹을 걸 가져다 드릴게요. 하지만 식사를 다 끝내시면 제가 성녀님을 기다리고 있다는 사실을 기억해 주세요."

공주는 점심 식사를 했고, 가짜 파티마는 한 환관에게 공주가 식사를 마치면 알려 달라고 부탁해 놓았다. 이 소식을 듣자마자 마법사는 다시 공주를 찾았다. 공주가 그에게 말했다. "성녀님, 성녀님 같은 분을 저희 집에 들이게 되어서 얼마나 기쁜지 몰라요. 앞으로 이 궁전에 축복이 될 거예요! 성녀님께서는 이 궁전을 어떻게 생각하세요? 궁전을 한 곳 한 곳 구경시켜 드리기 전에, 먼저 이 거실을 어떻게 생각하시는지 말씀해 주세요."

그동안 마법사는 가짜 파티마 역할에 최선을 다하고자 고개를 숙인 채 시선도 제대로 돌리지 않았으나, 공주가 이렇게 물어 보자 결국 고개를 들어 거실을 쭉 살펴봤다. 거실을 대충 다 살펴본 마법사가 말했다.

"공주님, 이 거실은 정말 아름답고 훌륭하군요. 세상 사람들이 다 아름답다고 하는 것에 동의하지 않고 혼자서만 살아가는 사람이라도 그렇게 생각할 정도예요. 그런데 제가 보기엔 딱 한 가지 부족한 게 있습니다만……."

"그게 뭐죠? 가르쳐 주세요! 제 생각도 그렇지만, 다른 사람들 말도 이 궁전엔 부족한 게 아무것도 없다고들 하거든요. 무언가 부족한 게 있다면 고치도록 할게요."

그러자 가짜 파티마가 시치미를 딱 떼고 이야기했다. "공주님, 소인이 제멋대로 군 것을 용서하소서. 보잘것없는 소인의 생각에는 그저 이 둥근 천장 한가운데 높이에 로크 새의 알이 하나 매달려 있다면, 이 거실은 세상 그 어느 곳에 있는 거실과도 같지 않고, 이 궁전이 우주의 신비로운 결정체가 되지 않을까 하옵니다."

그러자 공주가 물었다. "성녀님, 로크라는 건 어떤 새죠? 어디에서 그 알을 찾을 수 있을까요?" 그러자 가짜 파티마가 대답했다. "공주님, 로크는 놀라울 정도로 거대한 크기의 새로, 코카서스 산꼭대기에 살고 있습니다. 이 궁전을 지은 자가 그 알을 공주님께 찾아다 줄 수 있을 겁니다."

바드룰부두르 공주는 가짜 파티마의 '고견'에 감사를 표한 뒤, 계속해서 다른 주제로 이야기를 나누었다. 하지만 로크 새의 알에 대한 이야기는 잊지 않았다. 알라딘이 사냥에서 돌아오면 곧바로 이에 대해 이야기할 심산이었다. 알라딘은 엿새 전에 사냥을 떠났는데, 마법사도 이 사실을 알고 있었기에 그가 없는 틈을 이용하려던 것이었다. 그날 저녁에 알라딘이 사냥에서 돌아왔고, 때마침 마법사는 공주에게 인사를 하고 자신의 방으로 물러가 있던 참이었다. 궁전에 도착해 공주의 처소로 올라온 알라딘은 이제 막 방으로 들어온 공주를 만났다. 알라딘은 돌아왔다는 인사를 하고 공주를 감싸 안으며 그녀가 약간 냉담하게 자신을 맞이하는 듯한 인상을 받았다. "공주님, 평소같이 밝은 모습이 아닌데, 제가 없는 동안 무언가 불쾌하거나 속상한 일이 있었나요? 아니면 무언가 마음에 들지 않는 게 있었어요? 숨기지 말고 다 말씀해 보세요. 저는 공주님의 근심을 없애 드리기 위해서라면 못할 일이 없어요." 그러자 공주가 말했다. "별 건 아닌데요, 좀 사소한 걱정이라서 제 얼굴에 티가 나서 당신이 눈치채게 될 줄은 몰랐어요. 제 예상과 달리 당신이 알아차리셨으니, 별일은 아닐지언정 이유를 숨길 수는 없겠네요." 이어 공주가 계속 말했다. "당신이나 나나, 우리 궁전이 세상에서 가장 훌륭하고 완벽하며 환상적인 곳이라고 믿었잖아요. 그런데 십자창 거실을 가만가만 살펴보니 무언가 아이디어가 하나 떠오르더라고요. 당신은 저 위의 둥근 돔 천장 한가운데에 로크 새의 알이 매달려 있다면 더 이상 아무것도 바랄 게 없다는 생각, 안 드세요?"

"당신이 이곳에 로크 새의 알이 없어 아쉽다고 생각한다면, 나 또한 그게 충분히 결함이 된다고 생각해요. 내가 곧 로크 새의 알을 가져다 놓을게요. 사랑하는 당신을 위해서 이 세상에 내가 못할 일은 아무것도 없어요."

곧이어 바드룰부두르 공주와 헤어진 알라딘은 십자창 거실로 올라갔다. 이어 품속에서 램프를 꺼냈다. 그는 램프의 보관에 부주의해서 엄청난 일이 생긴 이후로 어딜 가든 늘 가슴속에 램프를 지니고 다녔다. 알라딘이 램프를 꺼내 문지르자 곧 램프의 정령이 나타났다. 알라딘이 정령에게 말했다. "정령이여, 이 거실의 돔 천장 가운데에 로크 새의 알이 하나 부족한 것 같구나. 램프의 이름으로 부탁하노니, 이 부족한 부분을 해결하도록 하라."

 하지만 알라딘이 소원을 다 말하기도 전에 램프의 정령이 별안간 너무나도 크고 무시무시한 고함을 쳐서, 그 소리에 거실이 다 흔들릴 정도였다. 알라딘은 거의 나자빠질 정도로 비틀거렸다. 램프의 정령은 제아무리 겁 없는 사람이라도 움찔할 정도의 목소리로 말했다. "뭣이라! 이 어리석은 자여, 나와 내 동료들이 그대가 말하는 건 무엇이든 다 들어주었거늘, 어찌 배은망덕하게 나더러 내 주인님을 데려와 이곳 천장에 매달라는 소리를 하는 게냐? 이는 그대나 그대의 아내나 그대의 궁전이나 모든 걸 그 자리에서 재로 변하게 만들 수 있는 중죄이니라. 하지만 이 소원을 생각해 낸 장본인은 다행히도 그대가 아니니, 처음으로 그 같은 생각을 한 사람을 가르쳐 주겠다. 그건 바로 네 원수인 아프리카 마법사의 동생이니라. 네가 그에 대한 응분의 대가라고 생각하여 죽여 없애버린 아프리카 마법사의 형제가 지금 성녀 파티마를 죽인 뒤 그 옷을 입고 네 궁 안에 있다. 바로 이자가 네 아내로 하여금 이 악독한 주문을 하도록 한 것이다. 그자의 계획은 그대의 목숨을 앗아 가는 것이니, 조심하라." 정령은 말을 마친 후 모습을 감추었다.

 알라딘은 정령의 말을 한마디도 놓치지 않고 들었다. 알라딘도 성녀 파티마에 대한 이야기는 익히 들었던 터라, 성녀가 어떤 식으로 두통을 치료하고 사람들의 부탁을 들어줬는지 알고 있었다. 알라딘은 다시 공주의 처소로 돌아가 방금 전에 일어난 일은 함구한 채, 갑자기 심한 두통이 찾아왔다며 자리에 앉았다. 그러고는 손으로 이마를 짚었다. 그러자 공주는 곧 성녀를 불러들였다. 시녀들이 성녀를 부르러 간 동안, 공주는 알라딘에게 어떤 경위로 성녀가 궁 안에 들어왔는지 이야기하며, 자신이 궁 안에 성녀의 처소를 마련해 주었다고 말했다.

이어 성녀 파티마가 도착했고, 가짜 성녀가 들어오자마자 알라딘이 말했다. "성녀님, 어서 오세요. 뵙게 돼서 영광입니다. 성녀님께서 이곳에 계시니 저로서는 정말 행운이네요. 제가 지금 극심한 두통을 앓고 있거든요. 지금 막 통증이 시작된 참이에요. 그러니 기도로 저를 좀 살려 주세요. 그동안 이런 병으로 고통받던 사람들에게 선처를 베풀어 주셨으니, 제 청 또한 거절하지 마세요." 이렇게 말한 알라딘은 고개를 숙이며 자리에서 일어섰다. 가짜 파티마는 알라딘 쪽으로 다가갔으나, 한 손으로는 옷 속의 허리띠에 지니고 있던 단도를 쥐고 있었다. 이러한 낌새를 눈치챈 알라딘은 아프리카 마법사가 칼을 꺼내들기 전에 먼저 그의 팔을 휘어잡았다. 그리고 그 칼로 아프리카 마법사의 가슴을 찔러 죽인 뒤 바닥에 내동댕이쳤다.

그러자 공주가 놀라 소리쳤다. "여보! 당신 대체 무슨 일을 한 거예요? 성녀를 죽이다니!" 그러자 알라딘이 담담하게 대답했다. "아니에요, 공주님. 저는 성녀를 죽이지 않았어요. 나를 암

살하려 한 사악한 악당을 죽인 거예요." 그리고 시신의 얼굴을 가렸던 베일을 들추며 덧붙였다. "공주님께서 제가 죽인 줄 알고 있는 성녀를 교살한 건 바로 이 교활한 놈이에요. 이 자가 성녀로 가장한 채 저를 칼로 죽이려 했다고요. 공주님의 이해를 돕기 위해 조금 더 설명하자면, 이자는 아프리카 마법사의 동생이에요. 공주님을 납치했던 바로 그 아프리카 마법사 말이에요." 이어 알라딘은 자신이 어떻게 해서 이 모든 사실을 알게 됐는지 공주에게 설명해 주었다. 그리고 죽은 아프리카 마법사의 시신을 끌어냈다.

이렇게 해서 알라딘은 아프리카 마법사 형제의 괴롭힘에서 벗어났다. 그로부터 몇 년 후 술탄은 나이가 들어 세상을 떠났고, 술탄에게는 아들이 없었으므로 바드룰부두르 공주가 적출 상속인으로서 그 뒤를 이었으며, 알라딘은 공주와 함께 최고 권력을 누렸다. 두 사람은 함께 오래오래 왕국을 다스렸으며, 훌륭한 후손을 남겼다.

요술램프와 함께 한 모험 이야기를 다 끝마친 셰에라자드 왕비가 말했다. "폐하, 보시다시피 아프리카 마법사는 부정한 방법을 써서 보물을 손에 넣으려던 지나친 욕망에 사로잡힌 남자였습니다. 아프리카 마법사는 보물을 손에 넣어 성공을 맛볼 수 있으리라 생각했지만 결국 그 행복을 누리지는 못했습니다. 그는 비열한 자였으니까요. 반대로 알라딘은 미천한 신분으로 태어난 자였으나, 우연치 않게 보물을 손에 넣어 군왕의 위치까지 올라간 자였습니다. 자신이 원하는 것을 얻기 위해 필요할 때만 보물을 이용했지요. 술탄이라는 인물을 통해서는 올바르고 정당하며 공평해야 할 군왕이 형평성의 원칙을 어기고, 도저히 있을 수 없는 부당함으로 무고한 사람을 비이성적이고 즉각적으로 무모하게 처벌하고자 할 때에 얼마나 위험한 상황에 처할 수 있는지 알게 되셨을 겁니다. 그리고 끝으로 사악한 두 아프리카 마법사 형제의 악행에 경악하셨을 것입니다. 한 사람은 보물을 탐하다 목숨을 잃었고, 다른 한 사람은 형과 마찬가지로 비열한 복수를 하려다 자신의 목숨과 종교를 희생시켰지요. 그 또한 형과 마찬가지로 자신의 악행에 따른 벌을 받은 겁니다."

 인도의 술탄은 아내인 셰에라자드 왕비에게 들은 요술램프가 일으킨 기적 이야기가 너무나도 만족스러웠으며, 매일 밤 그녀가 해주는 이야기들이 무척 재미있다고 말했다. 실제로 셰에라자드가 해주는 이야기들은 재미도 재미일뿐더러, 거의 항상 훌륭한 교훈이 곁들여져 있었다. 셰에라자드가 한 이야기에서 다른 이야기로 교묘히 넘어가고 있다는 사실은 술탄도 잘 알고 있었다. 그리고 하룻밤이 지나고 나면 다음 날 왕비를 처형하겠다는 자신의 엄숙한 선언을, 셰에라자드가 이런 식으로 차일피일 뒤로 미루게 만드는 것을 술탄은 그렇게 노여워하지 않았다. 술탄은 오직 이야깃거리가 다 떨어지는 날이 오지는 않을까 걱정하는 마음 밖에 없었다.

이 같은 생각을 갖고 있던 술탄은 지금까지 들어온 이야기와 사뭇 달랐던 알라딘과 바드룰부두르 공주의 이야기를 끝까지 듣고 난 뒤, 잠에서 깨자마자 먼저 디나르자드를 몸소 깨웠고, 일어난 지 얼마 안 된 셰에라자드 왕비에게 자신에게 해줄 이야기가 다 끝이 났느냐고 물었다.

그러자 셰에라자드 왕비가 소리치며 대답했다. "폐하, 소녀의 이야기가 다 끝나려면 아직 멀었사옵니다. 아직 남아 있는 이야기의 수가 너무나도 많아서 정확히 언제쯤 끝나게 될 지 말씀드릴 수가 없습니다. 폐하, 소녀가 두려운 것은 이야기의 소재가 떨어지는 것보다도 폐하께서 소녀의 이야기를 지루해하시고 싫증을 내시면 어떻게 하느냐는 점입니다."

그러자 술탄이 말했다. "그런 염려라면 거두시오. 그리고 이제 새로운 이야기를 들어 봅시다."

인도 술탄의 이 같은 말에 기운을 얻은 셰에라자드 왕비는 다시 새로운 이야기를 들려주기 시작했다.

장님 바바 압달라 이야기

Histoire de l'aveugle Baba-Abdalla

바바 압달라가 계속해서 칼리파에게 말했다.

신도信徒들의 지도자 칼리파 전하, 저는 바그다드에서 태어났습니다. 어머니도 아버지도 거의 며칠 간격으로 모두 돌아가셨는데, 부모님께서 물려주신 재산이 약간 있었지요. 조금 더 나이가 든 뒤, 저는 방탕한 생활로 재산을 모두 탕진해 버리는 여느 젊은 사람 같지 않았습니다. 그와는 반대로 전혀 재산을 소홀히 하는 일 없이, 사업으로 힘들게 정성껏 재산을 모았지요. 그렇게 해서 저 혼자 낙타 80마리를 소유할 정도로 꽤 부자가 되었습니다. 낙타들은 거금을 받고 대상 상인들에게 빌려 주기도 했고,

† 장님 바바 압달라 이야기 †

칼리파 전하의 드넓은 왕국 곳곳을 여행할 때마다 늘 함께 데리고 다녔지요.

그렇게 행복한 가운데, 좀 더 부자가 되고 싶다는 강한 소망을 갖고 살아가던 어느 날이었습니다. 인도행 선박에 적재할 상품들을 싣고 발소라에 갔다가 짐을 모두 내려놓은 뒤 빈 낙타들만 데리고 돌아오는 길이었습니다. 마을로부터 멀리 떨어진 곳에 좋은 목초지가 있기에 거기서 낙타들에게 풀을 먹이고 있었습니다. 그런데 그때, 발소라로 가던 이슬람 수피교도 수도승 데르비시가 다가와 제 곁에 앉아서 휴식을 취하는 것이었습니다. 저는 그에게 어디에서 와서 어디로 가느냐고 물었지요. 수도승 또한 제게 같은 질문을 했습니다. 우리는 서로의 궁금증을 해결한 뒤 음식을 펼쳐 놓고 함께 식사를 했습니다.

식사를 하면서 이런저런 잡담을 나눈 뒤, 수도승이 말하길, 멀지 않은 곳에 어마어마한 재물로 가득 찬 보물 창고가 있다는 것이었습니다. 그리고 그 안에서 금은보화를 꺼내어 제 낙타 80마리에 실어 가져가더라도, 누가 가져갔는지 거의 티도 안 난다고 했습니다.

저는 이 이야기에 놀라기도 놀랐지만, 그와 동시에 매료된 것도 사실입니다. 기쁨에 겨워서 더 이상 제정신이 아니었습니다. 수도승이 나를 속일 수 있다고는 생각도 하지 않았지요. 그리하여 귀가 솔깃해진 저는 그에게 달려들며 말했습니다. "수도승 양반은 세속의 재물에 별로 관심이 없을 것 같은데, 이 보물에 대한 정보를 어디에 쓰시려고 하오? 수도승 양반은 혼자니까 거기서 아주 조금밖에 못 가져올 테니, 내게 그곳의 위치를 알려 주시구려. 내가 가진 낙타 80마리에 보물을 실어 온 뒤, 이 보물 창고에 대해 알려 준 보답으로 낙타 한 마리를 드리리다."

사실 제가 인색하게 굴긴 했습니다만, 그 당시 제게는 그것도 많아 보였습니다. 이 비밀을 들은 뒤로, 제 마음속은 온통 구두쇠 심보가 들어앉았으니까요. 심지어 보물을 실은 일흔아홉 마리의 낙타보다 그자에게 줄 낙타 한 마리가 더 아까웠습니다.

재물에 대한 제 욕심이 예사롭지 않다고 생각한 수도승은 불합리한 저의 제안에 화를 내지는 않았습니다. 그는 동요하지 않은 채 말했습니다. "이보시오. 내게 요구하는 것에 비해 해주겠다는 게 적다는 사실은 당신 또한 잘 알고 있을 터, 나는 보물에 대해 함구한 채 비밀을 혼자만 알고 있을 수도 있었소. 하지만 이에 대해 당신에게 말했던 건 내 선한 의도를 당신이 알아주기를 바라서요. 당신의 재물도 늘리고 내 재물도 늘리면서, 당신에게 은혜도 베풀어서 영원히 나를 기억해 주기를 바라는 거요. 그러니 당신에게 보다 정당하고 공평한 다른 제안을 해볼 테니, 이게 적당한 제안인지는 당신이 판단해 보시오. 일단 당신에게는 낙타가 80마리 있다고 했고, 나는 보물이 있는 곳을 알고 있소. 그러니 낙타의 등에 실을 수 있을 때까지 금은보화를 다 싣고 나면 내게 절반을 주시오. 그리고 당신은 나머지 절반을 갖고 떠나시오. 그렇게 서로 헤어진 뒤 당신은 당신 갈 길로, 나는 내 갈 길로 각자 알아서 낙타를 데리고 가는 거요. 그렇게 하면 서로가 공평하지 않겠소? 당신이 나한테 낙타 40마리를 주더라도, 내 도움으로 얻는 보물을 이용하여 다른 낙타를 천 마리는 더 살 수 있을 것이오."

데르비시 수도승이 제시한 조건이 무척 공평하다는 사실은 부인할 수가 없었습니다. 하지만 저는 수도승의 제안을 받아들이면 생길 재산은 생각지도 않은 채, 낙타의 절반을 떼어 줘서 생기는 손해만을 생각하고 있었습니다. 수도승이 저보다 더 부자일지도 모른다는 데에 생각이 미치자, 그런 마음은 더욱 커졌습니다. 결국 저는 거의 거저나 다름없는 호의를 저버리고 수도승의 제안을 받아들이지 않으려고 하였으나, 더 망설일 이유가 없었습니다. 조건을 수락하거나, 아니면 내 실수로 그렇게 큰 부호가 될 기회를 놓쳐 버린 것을 평생 후회하거나, 둘 중에 하나였으니까요.

잠시 후, 저는 낙타들을 모아 문제의 수도승과 함께 길을 떠났습니다. 얼마간 걸은 뒤, 우리는 꽤 널찍한 어느 작은 골짜기에 도착했지만 입구가 매우 비좁았습니다. 낙타들은 한 마리씩밖에 길을 지나가지 못했으나, 차츰 길이 넓어져서 서로 흩어지지 않고 한데 모일 수 있게 됐습니다. 골짜기를 이룬 두 개의 산은 반원을 그리고 있었는데, 무척 높고 가파른데다 통행이 불가능할 정도여서 누구도 우리를 알아볼 수 없었습니다. 두 개의 산과 산 사이에 도착했을 때, 수도승이 말했습니다. "너무 멀리 가지 맙시다. 여기에 낙타를 세우고 이곳에다 꿇어앉히시오. 그래야 수월하게 짐을 실을 수 있을 거요. 그동안 나는 보물 창고의 입구를 열겠소."

저는 수도승이 시키는 대로 하고 나서 그를 따라갔습니다. 부싯돌을 손에 든 수도승은 불을 피우기 위해 나뭇가지를 조금 모았습니다. 그러고 나서 곧 거기에 향료를 집어던지면서 의미를 알 수 없는 말을 내뱉으며 주문을 외웠습니다. 그러자 짙은 연기가 피어올랐습니다. 수도승이 연기를 가르는 순간 두 개의 산과 산 사이에서 커다란 바위가 수직으로 높게 솟아오르고, 문이 열릴 기미가 전혀 없는 입구가 보였습니다. 입구는 크기가 최소한 문짝이 두 개인 커다란 대문만 했고, 같은 바위에 동일 재질로 만들어져 있었으며 모양도 무척이나 훌륭했습니다.

커다란 바위 속에 움푹 파인 입구가 열리자, 사람이 아닌 정령의 손으로 빚어 놓은 듯이 훌륭한 궁전이 보였습니다. 사람이라면 그토록 대담하고 놀라운 시도는 생각조차 할 수 없었을 겁니다.

하지만 신도들의 지도자 칼리파 전하, 지나고 보니 이런 광경을 전하께 말씀드릴 수 있는 것이지, 그 당시에는 이런 게 눈에 들어오지도 않았습니다. 그때는 심지어 사방에 보이는 수많은 재물들을 감탄할 겨를도 없었지요. 얼마나 아끼고 모았기에 이렇게 많은 보물을 쌓아 둔 것인지 생각할 틈도 없이, 저는 한 마리의 독수리가 먹잇감을 향해 달려들듯 제 앞에 있던 금화 더미로 뛰어들어 쥐고 있던 자루에 집어넣기 시작했습니다. 최대한 가져갈 수 있는 만큼 가져가야겠다고 생각했지요. 자루도 컸고, 손쉽게 하나 가득 담을 수 있었지만, 낙타가 짊어질 수 있을 만큼만 담아야 했습니다.

수도승도 저랑 똑같이 자루에 주워 담고 있었는데, 그 친구는 금화보다 보석 쪽에 더 관심을 기울이더군요. 그가 그 이유를 설명해 준 뒤로는 저도 수도승을 따라 했고, 그렇게 해서 우리 두 사람 모두 금화보다는 온갖 종류의 보석들을 훨씬 더 많이 주워 담았습니다. 자루를 다 채운 뒤에는 낙타에 실었지요. 남은 건 보물 창고를 다시 닫고 그 자리를 뜨는 것뿐이었습니다.

그런데 그곳을 떠나기 전, 수도승이 다시 동굴 안으로 들어가는 것이었습니다. 창고 안에는 금과 은, 그리고 여러 가지 귀금속 재질로 된 온갖 모양의 항아리들이 있었는데, 가만 보니 수도승이 그 항아리들 가운데에서 뭔지는 잘 모르겠지만, 나무로 된 작은 상자를 집어 품속에 넣는 것이었습니다. 그리고 포마드 기름의 일종이라고 했습니다.

수도승이 보물 창고 안으로 들어갔을 때 했던 것과 같은 의식을 치른 뒤, 다시 한 번 이상한 주문을 외우자 보물 창고 입구가 다시 닫히면서 바위는 이전과 똑같은 모양이 되었습니다.

그러고 나서 우리 둘은 짐을 실은 낙타를 서로 나눠 가졌습니다. 저는 제가 끌고 갈 낙타 40마리의 선두에 섰고, 수도승은 제가 양보한 나머지 낙타 40마리의 선두에 섰습니다.

우리는 각자 일렬로 골짜기를 지나온 뒤, 큰길이 나올 때까지 함께 걸어갔습니다. 그리고 수도승은 발소라로 가고, 저는 다시 바그다드로 돌아오고, 그렇게 각자의 길을 가기 위해 그곳에서 헤어지기로 했습니다. 저는 이렇게 베풀어 준 호의에 대해 동원할 수 있는 모든 말을 다 써서 감사를 표했습니다. 그리고 다른 사람도 아니고 저한테 이렇게 엄청난 재물을 나눠 갖게 해주어서 고맙다는 뜻을 표시했지요. 우리는 기쁨에 겨워 서로를 얼싸안았고, 이어 잘 가라는 인사를 나눈 뒤 각자 제 갈 길로 조금씩 멀어졌습니다.

그런데 낙타를 데리고 몇 발자국 가지 않아 시기심과 배은망덕이라는 악마가 제 마음을 사로잡았습니다. 수도승에게 주었던 낙타 40마리가 아깝다는 생각이 들었고, 거기에 실은 재물들을 놓친 게 더욱 아까웠습니다. 저는 속으로 이렇게 생각했지요. '수도승 주제에 그 재물들이 다 무슨 필요가 있담? 그자는 보물 창고의 주인이니 원하면 얼마든지 보물을 얻을 수 있지 않겠어?' 그리하여 저는 시커먼 배신의 마음에 무릎을 꿇었고, 그자에게 가서 낙타와 재물들을 뺏어 오기로 결심했습니다.

저는 이러한 계획을 실행하고자 낙타들을 멈춰 세운 뒤, 수도승을 쫓아가 있는 힘껏 불러 세웠습니다. 아직 할 말이 남아 있다고 말하려던 것이었습니다. 저는 수도승에게 가던 길을 멈추고 기다려 달라고 했고, 내 목소리를 들은 수도승은 발길을 멈추었습니다.

제가 수도승에게로 다가가 말했습니다. "수도승 양반, 선생과 헤어지고 난 뒤 곧바로 한 가지 떠오른 게 있소. 아마 선생께서도 미처 생각지 못했던 부분이 아닐까 싶은데, 사실 선생은 속세에서 멀어져 신을 섬기는 것 외에는 조용히 사는 데에 길들여져 있는 데르비시 수도승이 아니시오? 이렇게 엄청난 수의 낙타를 키우는 게 얼마나 힘든 일인지 모르실 거요. 선생께서 내 말을 믿는다면, 30마리만 가져가시는 게 어떨까 하는데……. 사실 30마리를 키우는 것도 보통 일은 아니오만, 내가 녀석들을 키운 경험이 있으니 잘 다스리는 법을 가르쳐드릴 수는 있소."

그러자 저랑 논쟁을 벌일 생각이 없던 수도승이 말했습니다. "선생 생각이 맞는 것 같소." 그리고 이렇게 덧붙이더군요. "내가 미처 생각하지 못했던 부분이오. 사실 지적해 주신 대로, 저 녀석들을 어떻게 키워야 하나 막 고민하던 참이었소. 그러니 저 녀석들 가운데 맘에 드는 녀석들로 열 마리 골라 데려가시고, 신의 가호를 받으며 조심해서 잘 가시오."

저는 수도승이 데려가던 낙타들 가운데 열 마리를 따로 떼어내어 제 낙타들과 합류시키기 위해 데리고 가려던 참이었습니다. 그런데 사실 저는 수도승이 그렇게 순순히 제 뜻을 따라 주리라고는 생각지도 못했습니다. 그러자 제 탐욕은 더욱 커져만 갔고, 다시 열 마리를 더 얻는 것도 그렇게 어렵지 않겠다는 자신감이 들더군요.

그래서 저는 수도승이 베풀어 준 은혜에 대해 고마워하기는커녕, 이렇게 말했습니다. "수도승 양반, 내가 자꾸만 선생 안위가 걱정돼서 하는 말인데, 선생같이 이런 일에 익숙하지 않은 특별한 양반이 낙타 30마리를 키우는 게 얼마나 힘든 일인지 다시 한 번 당부하지 않고서는 발길이 떨어지질 않는다오. 내게 열 마리를 더 넘겨주고 나면 녀석들을 키우기가 훨씬 더 쉬워지지 않을까 싶소만. 선생도 잘 알겠지만, 지금 하는 말이 단지 내 생각만 하고 내 배만 채우려고 그러는 게 아니라, 이게 다 선생이 좀 더 편해지라고 하는 얘기라오. 그러니 한 마리를 키우나 열 마리를 키우나 그렇게 어렵지 않은 나 같은 사람한테 열 마리를 더 내주고 선생은 조금 더 편해지는 게 어떻겠소?"

제가 한 말은 기대했던 대로의 결과를 가져왔고, 수도승은 아무런 저항 없이 열 마리의 낙타를 더 넘겨주었습니다. 그리하여 수도승에게는 이제 낙타가 스무 마리밖에 남지 않았지요. 저는 60마리의 낙타를 손에 넣었는데, 돈으로 치면 수많은 군주들의

✝ 장님 바바 압달라 이야기 ✝

재산을 능가하는 수준이었지요. 그렇게까지 하고 나니, 이제는 만족할 수 있을 것 같더군요.

하지만 신도들의 지도자 칼리파 전하, 마시면 마실수록 갈증이 더해 가는 수종 환자처럼, 저는 수도승에게 남아 있는 나머지 스무 마리의 낙타마저도 손에 넣고 싶다는 욕구에 더 심하게 사로잡혔습니다.

저는 두 배로 더 빌고, 애원하고, 귀찮게 굴면서 수도승이 열 마리를 더 흔쾌히 넘겨주도록 안간힘을 다 썼지요. 수도승은 이번에도 제게 은혜를 베풀어 주었습니다. 그리고 남은 열 마리에 대해서는 제가 수도사를 껴안고 뽀뽀하고 수없이 치대면서 낙타를 달라는 청을 거절하지 말아 달라고 애원했지요. 그리고 평생 잊지 못할 빚을 짓는 데에 마지막 정점을 찍어 달라고 부탁했습니다. 그랬더니 수도승은 결국 알았다며 제게 무한한 기쁨을 선사해 주더군요. 그리고 이렇게 덧붙였습니다.

"그럼, 이 낙타들을 가져가서 잘 쓰시오. 단, 신께서는 당신이 우리에게 주신 재물을 가난한 사람들을 구제하는 데에 사용하지 않는다면, 우리에게 재물을 주셨던 것과 마찬가지로 앗아 갈 수도 있다는 사실을 명심하시오. 신께서 저들을 가난 속에 방치해 둔 까닭은 부유한 자들이 저들에게 온정을 베풀어 내세에 그에 걸맞은 굉장한 보상을 받도록 구실을 마련해 주기 위해서라오."

재물에 눈이 먼 저는 이 유익한 충고를 귀담아들을 수 있는 상태가 아니었습니다. 저는 셀 수 없을 정도로 어마어마한 재물을 가득 실은, 세상에서 가장 부자로 만들어 줄 낙타 80마리를 소유한 것에 만족하지 않았습니다. 저는 수도승이 보물 창고에서 꺼내어 보여 주었던 포마드 기름 상자에 생각이 미쳤습니다. 상자는 수도승이 내게 은혜를 베풀어 준 모든 재물을 다 합한 것보다 더 귀중한 무언가일 수도 있겠다는 생각이 들었지요.

　수도승이 상자를 집어든 장소도 장소지만, 그가 굳이 다시 들어가 가지고 온 수고를 생각하니 상자 안에 신비로운 무언가가 들어 있을지도 모른다는 생각이 든 겁니다. 그리하여 저는 결국 이 상자를 손에 넣기로 결심했습니다. 그와 마지막으로 부둥켜안으며 작별 인사를 고하고 수도승을 돌아보며 이렇게 말했습니다. "그건 그렇고, 그 작은 포마드 기름 상자는 어디에 쓰려고 그러쇼? 별것도 아닌 것 같은데, 굳이 수도사 선생께서 들고 갈 필요가 있으려나? 내게 선물로 주는 게 어떻겠소? 세상의 허영심과는 거리가 먼 당신 같은 데르비시 수도승이 포마드 기름 따위가 필요할 리 없지 않소?"

　수도승이 이 청을 거절했더라면 얼마나 좋았을까요! 하지만 수도승이 그러고자 했다 한들, 저는 더 이상 제정신이 아니었습니다. 제가 그 수도승보다 더 힘이 셌고, 무력을 써서라도 상자를 빼앗을 참이었으니까요. 그에게 입은 은혜가 컸지만, 그래도 제가 완벽하게 만족하려면 그자가 보물 창고에서 작은 그 무엇 하나라도 가져가지 않아야 했습니다.

그런데 수도승은 제 부탁을 거절하기는커녕 선뜻 상자를 품속에서 꺼내어 보여 주는 친절을 베풀었습니다. "자, 보시오. 이걸 보고 만족할 수 있었으면 좋겠소. 만일 내가 당신을 위해 더 할 수 있는 일이 있다면, 말씀만 하시구려. 무엇이든 들어 드리겠소."

저는 두 손으로 상자를 받아들고 뚜껑을 열었습니다. 저는 포마드 기름을 바라보면서 이렇게 말했지요. "나한테 무척 호의적으로 대해 주는 데다 싫증 한 번 안 내고 은혜를 베풀어 주시니 감히 물어보는 건데, 대관절 이 포마드 기름의 용도가 무엇이오?"

그러자 수도승이 대답했습니다. "이 포마드 기름의 용도는 무척 놀랍고 굉장하오. 왼쪽 눈가와 눈꺼풀 위에 이 기름을 바르면, 땅속에 묻혀 있던 모든 보물들이 눈앞에 펼쳐질 거요. 하지만 이를 나머지 다른 한쪽 눈에도 바르면, 이 기름은 당신을 장님으로 만들어 버리고 만다오."

저는 몸소 이 신기한 효능을 체험해 보고 싶었습니다. 그리하여 상자를 수도승에게 내밀면서 말했습니다. "이 상자를 들고 선생께서 직접 포마드 기름을 제 왼쪽 눈에 발라 주시오. 나보다야 선생이 더 잘 알지 않겠소? 도무지 믿기지 않는 일이 일어난다니, 어서 체험해 보고 싶어 미치겠구만!"

수도승은 기꺼이 이 같은 불편을 감수해 주었습니다. 그는 제 왼쪽 눈을 감긴 뒤, 포마드 기름을 발랐습니다. 수도승이 기름을 다 발라 주고 난 뒤 눈을 떠 보니 그가 말한 게 과연 사실이었습니다. 제 눈앞에는 정확히 뭐라고 표현할 수 없을 정도로 다양하고 놀라운 재물들로 가득한 보물 창고들이 끝도 없이 펼쳐져 있었습니다. 하지만 손으로 오른쪽 눈을 가리고 있어야 하는 게 귀찮았기 때문에, 저는 오른쪽 눈 주위에도 마저 포마드 기름을 발라 달라고 부탁했습니다.

그러자 수도승이 말했습니다. "금방이라도 오른쪽에 발라 드릴 수는 있소만, 아까 내가 말한 주의사항은 기억해야 하오. 오른쪽 눈에 이 기름을 마저 바르면, 곧 두 눈이 멀게 된다오. 그게 이 포마드 기름의 위력이오. 이 점을 달게 받아들이셔야 하오."

저는 수도승의 말을 믿기는커녕, 반대로 그가 아직 감추고 싶어 하는 무언가 새로운 비밀이 있을 거라고 생각했습니다. 그리하여 저는 웃으면서 이렇게 말했습니다. "수도승 양반, 나를 속일 생각인가 본데, 하나의 포마드 기름이 그렇게 서로 완전히 반대되는 효과를 만들어 낸다는 게 말이 된다고 생각하쇼?"

그러자 수도승은 신의 이름을 걸고 말했습니다. "내가 말한 그대로요. 내 말을 믿어야 하오. 나는 진실을 속이지 않소."

저는 정직한 수도승의 말을 믿으려 하지 않았습니다. 지상의 모든 보물들을 원 없이 바라보고, 또 보고 싶을 때마다 보며 황홀경에 빠지고 싶은 욕구를 이길 수가 없었기 때문에, 수도승의 충고는 듣고 싶지도 않았고, 그런 말은 믿고 싶지도 않았지요. 하지만 그로부터 얼마 안 되어 곧 그게 사실인 걸 알게 됐고, 그로부터 제 불행이 시작됐습니다.

여하튼 그런 생각에 빠져 있던 저는 만일 왼쪽 눈에 바른 이 포마드 기름이 세상의 보물들을 모두 눈앞에 보여 주는 효력이 있다면, 이를 오른쪽 눈에 바를 경우 그 보물들을 언제든 제가 사용할 수 있게 만드는 효력이 있을 거란 착각에 빠졌습니다. 그런 생각에 결국 수도승에게 어서 오른쪽 눈에 포마드 기름을 마저 발라 달라고 고집스레 재촉했지요. 그런데 수도승이 이를 끈질기게 거부하는 것이었습니다.

그는 이렇게 말하더군요. "당신에게 그토록 큰 호의를 베푼 뒤에 이토록 불행하게 만들 수는 없소. 지금 어떤 불행이 당신의 시야를 가리고 있는지 잘 생각해 보시오. 그리고 난감하게도 내가 당신이 평생 후회하게 될 일을 들어주지 않도록 해주시오."

하지만 저는 끝까지 고집을 부렸습니다. 수도승에게 꽤 단호하게 말했지요. "수도승 양반, 골치 아픈 소리 좀 그만합시다. 당신은 지금까지 내가 원하는 건 무엇이든 다 관대하게 들어주지 않았소. 그런데 고작 이 정도 일로 내가 불만에 가득 싸인 채 서로 헤어져서야 쓰겠소? 부디 마지막으로 내 부탁을 좀 들어주시구려. 무슨 일이 생기든 선생 탓은 안 하리다. 잘못은 다 나 혼자 책임지도록 함세."

수도승은 가능한 한 완강히 거부했지만, 제가 억지로라도 그 일을 감행하리란 걸 알게 됐습니다. 그리하여 이렇게 말하더군요. "당신이 그토록 원하니, 청을 들어주겠소."

수도승은 이 운명의 포마드 기름을 조금 찍어서 제 오른쪽 눈 위에다 발라 주었습니다. 그동안 저는 눈을 감고 있었지요. 그런데 세상에, 눈을 다시 뜨려고 하자 보이는 건 오직 칠흑 같은 어둠뿐이었습니다. 저는 보시다시피 이런 장님이 되어 버린 것이지요.

순간 저는 소리를 질렀습니다. "맙소사, 당신이 말한 건 전부 다 사실이었구려! 빌어먹을 호기심 때문에, 재물에 대한 끝없는 욕심 때문에, 내가 완전히 나락으로 떨어져 버렸구나! 이런, 세상에! 모두 다 내 탓이오! 내가 이 모든 불행을 자초한 거요! 하지만 수도승 양반, 당신은 너무도 자비롭고 호의적인 사람인데다, 수많은 비밀을 다 알고 있지 않소? 내 눈을 뜨게 해줄 누군가가 없겠소?"

그러자 수도승이 대답했습니다. "이 어리석은 양반아! 당신이 이 같은 불행을 피하지 못한 것은 내 잘못이 아니오! 당신은 그저 마땅한 벌을 받은 것뿐이라고! 마음의 눈이 멀어서 진짜 눈까지 멀어 버린 게지. 내가 수많은 비밀을 알고 있는 건 사실이지만,

당신 눈을 뜨게 해줄 방도는 없소. 신이 있다고 믿는다면, 신에게나 빌어 보시구려. 당신의 눈을 뜨게 해줄 수 있는 건 오직 그분밖에 없으니 말이오. 그분께서는 당신에게 분에 넘칠 정도의 재물을 주셨지만, 이제는 손수 거두어 가셨소. 그리고 내 손을 통해 당신처럼 무지하지 않은 사람에게 이를 나눠 주시겠지."

수도승은 더 이상 뭐라고 말을 하지 않았고, 저는 반박할 말이 없었습니다. 그는 저를 혼자 두고 떠났습니다. 혼란에 사로잡힌 저는 뭐라 형언할 수 없는 극심한 고통 속으로 빠져들었지요. 수도승은 80마리의 낙타를 모두 데리고 발소라까지 계속해서 길을 갔습니다.

저는 그에게 이런 불쌍한 저를 버리고 가지 말라고 빌었습니다. 적어도 대상 행렬을 만날 때까지만이라도 좀 도와 달라고 말했죠. 하지만 아무리 소리를 지르고 애원해도 그는 묵묵부답이었습니다. 그렇게 해서 두 눈과 모든 재산을 잃게 된 저는 다음 날 발소라에서 돌아오던 어느 마음씨 착한 대상이 바그다드까지 데려가 주지 않았더라면 비탄에 빠진 채 굶어죽었을 것입니다.

힘이나 권력은 없어도 최소한 재력 면에서는 어느 나라 왕자 못지않았던 제가 이렇게 해서 돈 한 푼 없는 걸인 신세가 됐습니다. 그리하여 저는 동냥을 하지 않을 수가 없었고, 지금까지 그렇게 살아왔던 겁니다. 하지만 신에 대한 중죄를 지은 벌로, 저는 자신에게 벌을 내리기로 했습니다. 제 처지를 딱하게 생각하여 자비를 베풀어 주는 사람에게 적선을 받는 동시에 따귀를 맞는 것이지요.

    신도들의 지도자 칼리파 전하, 어제 전하께서 무척 이상하다며 제게 분개하셨던 일이 생긴 연유는 이와 같습니다. 전하의 신민으로서, 다시 한 번 용서를 구하고자 하는 바입니다. 제게 마땅한 벌을 내려 주시면 응당 받도록 하겠습니다. 소인은 스스로에게 부과한 이 같은 벌이, 전하께서 보시기에도 제가 지은 죄에 비해 턱없이 모자라는 경미한 수준일 것이라고 확신합니다.

    장님 바바 압달라의 이야기가 끝나자, 칼리파가 말했다. "바바 압달라여, 그대의 죄는 크도다. 하지만 신께서는 지금껏 네가 사람들 앞에서 엄청난 고행을 해온 것을 흐뭇하게 생각하신다. 그 정도면 되었느니라. 이제는 매일매일 네가 믿는 신께 드리는 기도로써 용서를 구하며 회개를 계속하라. 그리고 그대가 적선을 구하는 수고에서 벗어날 수 있도록, 짐이 그대에게 평생 매일 은화 4드라크마를 하사하는 자비를 베풀겠노라. 이는 짐의 총리대신이 내어 주도록 할 것이다. 그러니 잠시 돌아가지 말고, 총리대신이 명령을 이행할 때까지 기다리라."

    이 말을 들은 바바 압달라는 칼리파의 옥좌 아래에 엎드려 머리를 조아렸고, 이어 자리에서 일어나며 온갖 행복과 번영을 기원하며 칼리파에게 감사의 표시를 하였다.

작가 소개

앙투안 갈랑
Antoine Galland

앙투안 갈랑Antoine Galland은 1646년 4월 4일, 프랑스 롤로에서 태어났다. 파리에서 그리스어와 히브리어를 공부했으며, 1670년에 루이 14세의 대사 비서관이 되어 콘스탄티노플에 가서 터키어와 아랍어를 완벽하게 익혔다. 이때 수집한 화폐와 《천일야화》 아랍어본, 한나라는 이름의 말론교도 조수를 고국으로 돌아올 때 데리고 왔다. 갈랑이 소유한 《천일야화》 필사본에 포함되지 않았지만 적잖이 중요한 내용들은 한나의 기억에서 나왔다. 그 이야기들 중에 알라딘 이야기와 알리바바 이야기가 있다(혹자는 번역가의 환상에서 나온, 첨가된 이야기일지 모른다고 의심한다). 앙투안 갈랑의 판본 12권은 1704년부터 1717년까지 나왔으며,

이후 유럽 여러 나라의 언어로 다시 번역되어 곧 '동양의 성경' 처럼 여겨졌다. 갈랑이 살던 시대까지 동양은 현인 로크맘이나 비드파이의 나라 정도로만 알려져 있었다. 《천일야화》가 나오고 나서 그 시각은 바뀌었고, 동양은 감각적인 쾌락이 지배하는 동화의 나라가 되었다. 《천일야화》는 보들레르부터 네르발에 이르기까지 18세기와 19세기의 많은 작가들의 상상력을 자극했다.

보르헤스의 말에 따르면, 갈랑의 번역을 통해 《천일야화》를 접한 사람들은 행복과 놀라움을 맛보았다. 그러나 이 번역은 아주 형편없고 현혹적이었으며 성실하지 못한 빈약한 것이었다. 갈랑은 파리의 살롱과 돌이킬 수 없는 불협화음을 내지 않기 위해 자신의 아랍어를 다듬었다. 그는 카이로와 다마스커스의 카페에서 민중들에게 들려주던 이야기들의 거칠고 다소 야만적인 색채를 모두 없애거나 희석시켰다.

갈랑은 역사에 길이 남을 번역을 한 것 이외에도 동양에 관한 여러 작품을 썼다. 그 가운데 《동방인들의 주목할 만한 말들, 훈계와 경구들 Paroles remarquables, bons mots et maximes des orientaux》 (1694), 《커피의 기원과 발전 De l'Origine et du progrès du café》이 있다. 그리고 많은 고고학 논문과 화폐 관련 글들을 썼다. 그의 터키 술탄들의 이야기는 발간되지 않았으며, 《비드파이와 로크맘의 인도 우화및 이야기들 Contes et fables indiennes de Bedpay et de Lokman》 은 사후인 1724년에 발간됐다. 갈랑은 1715년 2월 17일, 파리에서 죽었다. 그가 1672년부터 1673년까지 집필한 《콘스탄티노플 체류 일지*Journal pendant son séjour à Costantinople*》는 1881년에 C. 쉐퍼의 편집으로 나왔고, 1708년부터 1715년까지 집필한 《파리 일지 *Journal parisien*》는 1919년에 H. 오몽의 편집으로 나왔다.

보르헤스 선집에 포함되지 않은 《천일야화》의 짧은 이야기를 독자들에게 소개한다.

두 사람의 꿈 이야기

아랍의 이야기꾼El Ixaqui이 이 이야기를 전한다. 믿음이 깊은 사람들(하지만 알라만이 전지전능하고 자비로우며 잠을 자지 않는다고 믿는)이 말하기를, 카이로에 아주 재산이 많지만 너무 너그럽고 관대해서 아버지의 집만 빼고 전 재산을 잃은 남자가 있었다. 남자는 먹고살기 위해 일을 해야만 할 처지가 되었다.

일이 많았던 남자는 어느 날 저녁, 자신의 집 정원 무화과 나무 아래서 잠이 들었다. 꿈에 물에 흠뻑 적은 한 남자가 나타나 입에서 황금 동전을 꺼내며 말했다. "네 행운은 페르시아 이스파한에 있다. 그러니 행운을 찾아 떠나라." 남자는 다음 날 새벽에 잠에서 깨자 긴 여행을 떠났고 사막, 배, 해적, 우상숭배자, 강, 맹수, 사람들 등 여러 가지 위험을 만났다. 마침내 이스파한에 도착했고 성문 안으로 들어가 회교사원 안뜰에 드러누워 잠이 들었다.

회교 사원 근처에 집 한 채가 있었는데 전지전능한 신의 명령으로 도둑 한 무리가 그 집으로 쳐들어왔다. 잠을 자던 사람들은 갑작스러운 도둑들의 침입에 잠이 깨어 도움을 요청했다. 이웃들도 도와 달라고 소리치기 시작했고, 그 지역 경비대장이 부하들을 이끌고 달려오자 도둑들은 테라스를 넘어 도망쳤다. 경비대장은 회교 사원을 수색하라 시켰다. 부하들은 카이로 남자를 찾아내자 대나무 작대기로 마구 두들겨 패서 반쯤 죽여 놨다.

이틀 후 남자는 감옥에서 정신을 차렸다. 경비대장은 그를 데려오라 시켰고, 남자에게 "너는 누구며 어디서 왔느냐?"고 물었다. 남자는 "저는 카이로라는 유명한 도시에서 왔고 이름은 모하메드 델 마그레비입니다"라고 대답했다. 경비대장은 "무엇하러 페르시아에 왔느냐?"하고 물었다. 남자는 사실을 밝힐 기회다 싶어 "어떤 남자가 꿈에 나타나 이스파한에 제 행운이 있으니 가보라고 했습니다. 그래서 이렇게 이스파한에 오게 된 겁니다. 그런데 꿈속 남자가 약속했던 행운이란 게 너무나 관대하게도 나리들이 제게 주신 매질이었습니다." 하고 대답했다.

그 말에 경비대장은 잇몸을 드러내며 껄껄 웃더니 말했다. "불운하고 쉽사리 믿는 어리석은 자로다. 나는 카이로의 집을 세 번이나 꿈꿨다. 집 안쪽에 정원이 있고 정원에 해시계가 있었다.

해시계 너머에 무화과나무가 있고 무화과나무 너머에 분수가 있는데, 분수 아래 보물이 있더구나. 나는 이런 거짓말을 전혀 믿지 않았다. 그런데 너는 어리석기 짝이 없게도 꿈 하나만 믿고 이 도시 저 도시를 떠돌아다니는구나. 내가 이스파한에서 다시는 너를 보지 않도록 해라. 이 동전을 챙겨 당장 떠나라."

남자는 동전을 챙겨 고향으로 돌아갔다. 자신의 집 정원의 분수(경비대장의 꿈속에 나타난 분수였다) 아래서 보물을 찾아냈다. 신은 그렇게 그에게 축복을 주었고, 보상과 칭찬을 해주었다.

✝ 작가 소개 ✝

옮긴이 배영란

숭실대학교 불어불문학과 졸업 후 한국외국어대학교 통번역대학원에서 순차 통역·번역학 석사 학위를 받았다. 옮긴 책으로는 《미래를 심는 사람》, 《마음을 다스리는 기술》, 《내 감정 사용법》, 《인간의 대지》 등 생텍쥐페리 컬렉션과 《인간이란 무엇인가》, 《우리 안에 돼지》, 《사랑은 대단한 게 아니다》, 《화내도 괜찮아 울어도 괜찮아 모두 다 괜찮아》, 《실수 없이 제대로 사랑할 수 있을까》 등이 있다.

옮긴이 이승수 (해제, 작가 소개)

한국외국어대학교 이탈리아어학과를 졸업하고 동 대학원에서 비교문학 박사 학위를 받았다. 옮긴 책으로 《순수한 삶》, 《신부님 우리들의 신부님》, 《그날 밤의 거짓말》, 《그림자 박물관》, 《달나라에 사는 여인》, 《넌 동물이야, 비스코비츠!》 등이 있다.

천일야화

초판 1쇄 발행 | 2012년 2월 17일
초판 2쇄 발행 | 2013년 12월 26일

지 은 이   앙투안 갈랑
옮 긴 이   배영란
디 자 인   최선영·장혜림

펴 낸 곳   바다출판사
발 행 인   김인호
주   소   서울시 마포구 서교동 401-1 5층
전   화   322-3885(편집), 322-3575(마케팅부)
팩   스   322-3858
E-mail   badabooks@gmail.com
홈페이지   www.badabooks.co.kr
출판등록일   1996년 5월 8일
등록번호   제 10-1288호

ISBN 978-89-5561-592-0 04860
     978-89-5561-565-4 04800(세트)